Hayykitap - 774
Edebiyat - 146

Ey Aşk!
Bizi Affet
Fatih Aydemir

Kapak Tasarımı: Latif Çetinkaya
Sayfa Tasarımı: Turgut Kasay

ISBN: 978-625-7909-81-5
1. Baskı: İstanbul, Ekim 2020

Baskı: Yıkılmazlar Basım Yay.
Prom. ve Kağıt San. Tic. Ltd. Şti.
15 Temmuz Mah. Gülbahar Cad. No: 62/B
Güneşli - İstanbul
Sertifika No: 45464
Tel: 0212 630 64 73

Hayykitap
Zeytinoğlu Cad. Şehit Erdoğan İban Sk.
No: 36 Akatlar, Beşiktaş 34335 İstanbul
Tel: 0212 352 00 50 Faks: 0212 352 00 51
info@hayykitap.com
www.hayykitap.com
facebook.com/hayykitap
twitter.com/hayykitap
instagram.com/hayykitap
Sertifika No: 12408

Ey Aşk!
Bizi Affet

Fatih Aydemir

Kimim Ben?

Madem böyle bir işe kalkıştın, önce bir kendini tanıt bakalım dediler. Yahu istemeyin benden böyle şeyler, ben en son kendimi anlattığımda sanırım lise yıllarımdaydım. O da yeni bir öğretmenin biri derse girecek de herkes sırayla kendini tanıtsın bakalım diyecek, biz de sıramız geldiğinde ayağa kalkıp, adımızı, soyadımızı söyleyip, kestirmeden konuşup oturacağız aşağıya. Ne zormuş abi insanın kendini anlatması.

Bir zamanlar evliyaların takvalarına şahit olmuş ama şimdilerde eşkıyaların kol gezdiği altı evliya, üstü eşkıya olan Bursa'da doğdum. Ulu şehrin ulu çocuğu olmasam da nereden bakarsanız bakın bir yanı eksik, bir yanı hep eksik kalacak biriyim ben. Ölümü tatmadan, kavuşamadan sevgiliye bir yanımız hep eksik.

Annem anlatır. Uslu çocukmuşum. Öyle sağda solda kavgalarım olmamış hiç. Kapı önünde kaldırım taşlarına oturup beyinin yolunu gözleyen teyzelerin diline doladığı dedikodularda geçmemiş hiç adım. Akşam ezanı, eve dönüş saatimin geldiğinin habercisiydi. Mahallenin bağrı yanık müezzini o tiz sesiyle ezanı okumaya başlamadan, her şeyden önce ince bir cızıltı gelir. O sesi duyar duymaz elde avuçta ne var ne yok bırakır eve koşardım hep. Oynadığım oyunlar yarıda kalırdı.

Bakma bana öyle çocuk. Ben bir ezanla gelmiş, bir salayla göçüp gidecek koca bir hiçim. Doğduğu gün yağmur yağan.

Yağmura, yağmurun ardındaki o kudrete sevdalı koskocaman bir hiçim.

Bir gün bir uçurumun kenarından düşerken Kuran-ı Kerim okyanusundan sadece bir damla olan Risale-i Nurlara

Yağmurların bulutlardan,

Yaprakların takvimlerden,

Kelebeğin kozasından,

Âşıkların sevdiğinden ayrıldığı,

Ölümün ölmediği şu fani dünyada bir kelebeğin o kısacık ömründe hayata sarıldığı gibi, nefsimle değil kalbimle sıkı sıkı tutundum.

Rabbim bir tevafukun içinde kırmızı kitaplarla tanıştırdı beni. Sebepler zinciri içerisinde karşıma çıkarttı. Dindar bir ailenin dindar çocuğu sanırken kendimi, Risale-i Nurları okuyup ahiretin sokaklarında dolaştıkça anladım ki yıllarca nefsimin vazgeçemediği oyuncağı olmuşum. Elimde bir gül varmış ama ben yıllarca o gülün kokusunu ciğerlerime kadar çekememişim meğer. Bir filmin başrol oyuncusuyken neden kameranın arkasında sahnesinin gelmesini bekleyen figüran olayım ki dedim kırmızı kitaplarla tanıştıktan sonra. Sonbaharın dalından düşen son yaprağı iken, en sevdiğim şarkının bitmesine saniyeler kala yirmisinden sonra öylesine değişti ki hayatım, şimdi derinlerde aradıkça hakikati gözlerimdeki o tefekkür perdesi açıldıkça açıldı, baktığım her şeyde Rabbimi görüyor. Tevekkül dediğimiz o duruma kanımın son damlasına kadar teslimim. Biraz sonra ayağım takılıp düşsem mesela, vardır elbet bir bildiği diyecek kadar.

Kendini anlat demesi kolay, insanın kendini anlatması zormuş, onu öğrendim şimdi. Neye, nereden nasıl başlasam diye düşünürken kendini anlatmaktan vazgeçecek duruma gelebiliyormuş insan.

Biliyor musun?

Kendimi çok merak ediyorum. Asıl olan beni. Şu dünyadan arınan beni. Şu dünyaya ait olmayan beni. Ve biliyorum ki beni benden daha iyi tanıyan, beni yaratan bir rabbim var. Bir zaman düşündüm. Nefes almasını dahi beceremeyen bir insan nasıl olur da iki kelimeyi yan yana getirebilir? Sonra yine düşündüm; bir şair, bir yazar varsa, o hiç şüphe yok ki yalnızca Allah'tır. Bizler sadece kâğıt ile kalem arasında aracılık yapıyoruz o kadar. Hiç mümkün müdür ki o istemezse biz iki harfi dahi yan yana yazabilelim? Elhasıl, madem mülk onundur, her şey elbette ondandır.

Bakmayın öyle...

O toprak kokulu köy yollarında çocukluğunu Rabbine emanet etmiş, dünya sürgünü yemiş bir yolcuyum ben. Tıpkı senin gibi.

Selam Olsun...

Geceyi seven,

Yağmura,

Şiire ve

Çaya âşık olanlara.

Başını yastığa koyar koymaz uyuyamayanlara,

Derdi olup da derdine eyvallah diyenlere,

Bir başkasının derdini kendine dert edinenlere,

Ağlamaktan utanmayanlara,

Üşüyenlere,

Seccadesini gözyaşlarıyla ıslatıp, o gözyaşlarını dualarla silenlere...

Hayattaki tek keşkesi, "Keşke Resulullah'ın hizmetkârı olsaydım" olanlara,

Yağmurdan sonra topraktan kalkan o kokuyu ciğerlerine kadar çeken,

Kuran-ı Kerim okuyan,

Namaz kılan,

Penceresine yağmur damlaları vurmuş olan tanıdığım ve tanımadığım herkese selam olsun.

İçindekiler

Seyyahın Yolculuğu

Nefislerin uyuduğu vakitlerde, biraz sonra gideceğim yolun beni hakikatli bir yola sevk edeceğini bilmeden çıktığım bir yolculukmuş meğer. Biraz sonra aralayacağım kapı başka bir kapıyı açmak içinmiş...

İmsak vakitleri. Kış.

Şehir beyaza bürünmüş, Hakk, rahmetiyle gelinliğini giydirmiş yine Bursa'ya. Ay ışıl ışıl, nöbetçi bir asker gibi gecenin başında. Hayatta en çok sevdiğim şeylerden biri de Ulu Cami'de namaz kılmaktır. Özellikle de sabah namazı. Başka bir huşu katar namazıma. Niyet edip "Allah-u Ekber" diyerek başladığım namazımda tüm dünya girdiğim o kapının ırağında kalır. Camiye girerken çıkardığım ayakkabılarımla birlikte sanki dünyayı da çıkarırım aklımdan. İliklerime kadar hissetmeye çalışırım kıldığım namazı.

Bugün kışın ilk karı düştü Bursa'ya. Bir değişiklik yapıp, hazır tüm sokaklar da gelinliğini giyinmişken yürüyerek gitmek istiyorum Ulu Cami'ye. İçimde bir yangın var. Alevleri gittikçe yükselen bir yangın. Adım attıkça alevleri göklere çıkıyor. Engel olamıyorum...

Geçenlerde okuduğum bir kitapta şöyle yazıyordu: "Melekler geceleri uyumayanları kollarmış." Öylesine hissediyorum ki bunu. Geceleri yoldaş yaptık biz sevdamıza. Sevdanın hakkını verememe korkusundan çok uykuyu haram kıldık bu yolda. Ne yağmurlu gecelerdi onlar... Hücrelerimize kadar sırılsıklam olduğumuz... Ruhumuzun, betonlaşmış bir hayatın içinde özgürlüğünü son demine kadar hissettiği geceler. Sabahın ilk ışıklarına kadar gecenin kucağında hakikat kelamı, Kuran-ı Kerim okuyarak uykuyu kendimize haram kıldığımız yağmurlu geceler.

Bizim yürüdüğümüz yollar yürümek için değil, varmak içindir. Hep ona. En güzele... Bir gece yarısı çıktığım bu yolda bir Seyyah aradım bana eşlik etmesi için. Hazır aşkla karışık kar da yağıyorken. Bizim gibi derdini o sarı saman kâğıtlara yazanlar Allah'tan başka kimi ister ki yanında? Görmeden sevenleriz biz. Bizim gibileri ya kâğıda döker anlatamadıklarını ya da madem derdi veren odur, onun kapısını çalmadan geçmez ki o yara deyip bir duanın içinde gözlerini kapatıp Allah'a anlatır o kimseye söyleyemediklerini...

Eskiden kış geldiğinde sokaklardan anlardık, kardan adamlardan, kartopu oynayan, bir poşetin üstüne oturup yokuş aşağı kaymaya çalışan çocukların bir kar tanesi gibi serinleten bağrışmalarının yüreğimizin kurumuş yanlarına değmesinden. O masum, günahsız ayaklar kirletirdi sokakların bembeyaz gelinliğini. Sonra bir çiçeği dalından koparırcasına çocukları da kopardılar sokaklardan. Ondan, ruhsuz artık sokaklar, ondan böylesine yıkık, ondan böylesine yağmur değmemiş pencereler kadar kirli ve çamurlu. Göğü delmeye azmetmiş apartman koridorlarında büyüyen bir yeni nesil yetişiyor şimdilerde. Odalarına ezan sesi girmeyen yeni bir nesil. Televizyonlardan seyrediyorlar sadece karın yağmasını. Yaşamadan, tatmadan, okullarda anlatılan hayat bilgisi derslerinden öğreniyorlar mevsimleri. Soğuk nedir? Üşümek nedir? Kara dokunmak nedir? Paçalarına kadar ıslanmak nedir bilmeden.

Sonra çocuk olmayı unuttuk işte.

Gülmeyi unuttuk, ağlamayı unuttuk.

Öyle bir gün geldi ki, hayal kurmayı bile unuttuk kardeşim.

Herkes karamsar şimdilerde, ümitsiz, vurdumduymaz...

Şu an dışarı çıkıp durdurup sorsam birilerine, herkes dertli, herkes şikâyetçi hayatından. Kimse kimsenin kapısını çalmıyor artık. Kimse kimseyi sofrasına davet etmiyor. Kimse kimsenin yüzüne gerçekten gülmüyor. Yüzlerde menfaat maskesi. Hep aynı klişe. Öyleleri var ki, Allah'ı bile tanımıyorlar. Suikast işlercesine televizyon başında haram sevdaların konu alındığı dizilerin müptelası olan bir gençlikte değil bir namazın farzını eda bilecek istek, kalkıp da büyüğüne karşı bir bardak su dahi getirebilecek hürmet kalmış mıdır ki? O odanın lambasını final haftalarında sabahlara kadar ders çalışmak için yaktığın kadar, bir kez olsun sabah namazına kalktığında yaktın mı kardeşim? Güneşten önce kalkıp üzerindeki o gaflet yorganını attın mı? Rabbim ben geldim dedin mi tüm benliğinle? Sen hiç ona açtın mı ellerini? Açıp da gözyaşlarınla amin dedin mi dualarına? En son ne zaman Allah'ı aklına getirdin ki? Hatırlamıyorsun değil mi? Belki de biraz önce okuduğun cümleden sonra aklına getirebildin. Kızmayın bana ne olur! Belki biraz ağır olacak ama, asıl kör olanlar bu sanatın arkasındaki kudreti göremeyenler, asıl sağır olanlar ise yedi kat semayı inleten ezanı duyup da bu davetin önünden elini kolunu sallayarak geçenlerdir.

İnsanlara değil, Allah'a boyun eğ!

Doğduğunda kulağına ezan okunan bir insanın, ezan okunduğunda huzura çıkmaması ne kadar divanece bir harekettir. İnsanları anlamıyorum, sokaklarda cennetteki yerleri garantiymiş gibi yürüyorlar. Cennete gitmenin kestirme bir yolu var da biz mi bilmiyoruz acaba? Bize verilen emir gayet açık,

"Allah'a firar ediniz" denilmemiş mi Kuran'da? Namaz ki kulun Allah'a firar edişidir.

Kuran-ı Kerim'e saygı onu en güzel işlemeli çantaların içine koyup duvara asmakla olmuyor. Kuran-ı Kerim'e asıl saygı onu dilin damağın kuruyana kadar okumaktır. İçinde yazılanlara göre hareket etmektir. Ama biz içinde yazılanlara göre hareket etmiyoruz. Hareket ediyormuş gibi yapıyoruz sadece. Mış gibi diyorum. En iyi yaptığımız şey de o zaten. Korkuyor'muş' gibi, seviyor'muş' gibi davranıyoruz. Bilmiyor musunuz bayım? Sadece kendimizi kandırıyoruz. Korkuyorum! Bir gün ahirette de bize 'mış' gibi yapmalarından korkuyorum. Cennete gidiyor'muş'uz gibi olacak ama "Haydi cehenneme!" diyecek tek biri. Mühürlenecek dilimiz, sesimizi bile çıkaramayacağız.

Susadığında masada öylece duran su nasıl ki susuzluğunu gidermiyorsa, duvarda öylece asılı duran Kuran-ı Kerim'in de seni kurtarmasını bekleme. Aç ve oku. Eğer zerre kadar adam yerine koyduysan beni, inan bana. Gör bak yağmur yağacak içinin kurak topraklarına. Çiçekler açacak sol yanında. Gerçekten ama gerçekten nefes aldığını hissedeceksin.

Kalbimiz bayım, kalbimiz, temiz tutmamız gereken tek yer orası. O kirlenirse her şey kirlenir.

Öyle bir başıma Bursa'nın insan selinin olduğu sokaklardan geçerken başımı kaldırıp çevremdekilere baktığımda aslında çok şey anlatıyorlar insanlığımıza dair. Karmakarışık düşünceler içinde karmakarışık yüzler. Keşke şu teknolojinin ilerlediği gibi insanlığımızı da ilerletebilsek. Bir kalabalığın içinde yürüyorum. Her an başına bir şey gelecekmiş gibi tetikte bekleyen insanların arasında... Gölgesine güveni kalmamış bir kalabalık. Edep değil insanların başını öne eğen artık. Ah şu telefonlarımız!

Başım biraz eğik, adımlarım kısık ama bir o kadar da hızlı. Yürüdüğüm karlı yollar anlıyor halimden. İçimde anlamını bilemediğim yağmurlar yağıyor. Yakışıklıya çok az kaldı. Biraz sonra avlusuna adım atabileceğim. Ona adım adım yaklaştıkça içime sığmayan bir heyecan sarıyor her yanımı.

Evet, işte orada.

Karşımda bir yakışıklı ve arkasında yirmi çocuğun elini tutmuş iki delikanlı dimdik bekliyor. Bir zatın emirlerini bekler gibi, emir geldiği an harekete geçeceklermiş gibi.

Onlar hareketsiz, emri duyan bizler harekete geçmeliyiz.

Yerinde duranlar da var tabii. Zincirli olanlar! Belki bir arabaya, belki bir çantaya.

Kalpleri bas bas bağırıyor, ben batıp gidenleri sevmem dercesine. Acı olansa kalplerinin bağırması ama kulaklarının sağır olması.

İlk babam getirmişti beni buraya. O gün içimden koca bir adam gibi geçirmiştim, ben sıddık dostumu buldum diye. Ne zaman bir dert gelse bana, koşar gelirim kubbelerinin altına.

Betonlaşmaya yüz tutmuş bu koca şehirde, artık sokakların çocuk kahkahalarına aç olduğu bir yerde, sokakların günah koktuğu şu zamanda buram buram maneviyat kokan tek yer burası. Osmanlı bu binaları inşa ederken içine betondan çok maneviyat katmış. Eğer bir gün yolunuz düşerse Ulu Cami'ye, o yirmi gök kubbe altında, kalın sütunlar arasında içinizi bir huzur kaplayacak. Yakışıklı bunu herkese yapmaz.

Bir ses... İçimde yükselen bir ses... Kalabalığın o hengâmeli sesini bastırıp içimde benimle konuşan bir his... Tarifsiz...

Dinledikçe dinleyesim geliyor adeta. Kulak verdikçe o sese, yağmur yağıyor kalbimin duldasına. Ruhum teslim olmuş gibi o sese. Sesin kaynağını arıyorum. Kulaklarım değil, kalbimdi sesi arayan.

Camiye ilk gelen benim sanırım. Etrafta kimseler yok. Ayakkabılarımı koyduğum yer, abdest alırken oturduğum çeşme, namazı kıldığım yer hep aynı yerdir. Bu defa çok başka karşıladı beni yakışıklı. İçimde dopdolu bir huzur var. Ayakkabılarımı koyup abdestimi aldıktan sonra her zamanki yerime geçtim. Yol yorucuydu, sırtımı yasladım o tarihe meydan okuyan sütunlarına.

Bir hal geldi bana. Ayaklarımı yerden kesen bir hal. İçerde sadece ben varım. Daha gelen giden olmadı. Tüm şehir uykudaymış gibi. Acaba erken mi geldim diye saatime bakarken bir halsizlik çöktü üzerime. Bir baş dönmesi, yarı baygınlık hali gibi bir şey. Etraf birden karardı. Sesten başka bir şey duymuyordum artık. Kalbimi dinleyip sesin geldiği yere doğru yürümeye başladım.

Karanlık birden kar beyazına döndü. Kuş sesleri var. Kırmızı kıpkırmızı kuşlar uçuyor etrafımda. Sesin kaynağını bana göstermeye çalışıyorlar sanki. Adımlarım hızlandı, ses daha da yakından gelmeye başladı artık. Sanırım yaklaştım kaynağına. Sonra durdum bir an, bir adım daha atsam yanacakmışım gibi hissettim. Ayaklarıma hükmedemiyordum. Omuzlarıma dünyanın yükünü yüklemişlercesine bir yorgunluk hali çöktü üzerime. Ayakta zor durmaya başladım. Düşmek üzereyim. Ses gittikçe daha da yakından gelmeye başladı. Etrafa daha önce duymadığım muhteşem bir koku hâkim oldu. Eşsiz bir koku. Beyazlar içinde bir insan seli üzerime doğru geliyor. Bir an durdular. Mahşer yerini andıran o kalabalığın içinden kol kola girmiş iki kişi çıkıp bana doğru gelmeye başladı. Ellerinde bir şeyler var. Kalabalıktan biraz daha öne çıkınca biri durup diğeri yürümeye devam etti. Ses, yerini bir kokuya teslim etti. Yaşananlara bir anlam veremiyordum. O an sadece, bütün bu olanlar da neyin nesi diye geçiyordu içimden.

Bu insanlar da kim böyle?

Ses, neden yerini böylesine bir kokuya bıraktı ki?

Burası neresi?

Bu üzerime gelen insanlar kim?

Kendimi durmadan bunları sormaktan alıkoyamıyordum.

Bir adam elinde kırmızı bir kitapla bana doğru geldikçe üzerimizde on dört kırmızı kuş uçmaya başladı. Koku ve ses... İkisini de hücrelerime kadar hissedebiliyordum artık.

Gül kokusu ve Kuran sesleri... Arkadaki, o beyazlar içindeki mahşeri kalabalıktan geliyor... Yalnız koku tek birine aitmiş gibi.

Bir adam, başında sarığıyla, elindeki kırmızı kitapla bana doğru geldikçe duyduğum Kuran sesleri ruhumu bir okyanusta yıkar gibi daha da hızlanmaya başladı. Kalbim yerinden çıkacakmış gibiydi. Kalbim avuçlarımda atıyormuş gibi. Aklım bütün bu olup bitenlere bir anlam veremiyordu.

Nefes alışlarım gittikçe hızlanmaya başladı. Bir nefes, bir nefes daha... Sesin ne olduğunu öğrendikten sonra kokunun sahibini aramaya başladı gözlerim. Aklım, kalbim kokuya odaklandı. Tam o esnada...

Bir ses... "Kokunun sahibini aramaktan sakın vazgeçme. Yalnız unutma, gözler onu göremez, kalbinle bakman lazım," diyerek, bana doğru gelen adam benimle konuşmaya başladı.

Belliydi, koku o adamdan gelmiyordu. Gözlerimi kalabalığa çevirdim. Kokunun sahibi orada olmalıydı o zaman. Bir ışık engel oluyor bana. Bir Nur. Kalabalığı kestiremiyorum...

"Siz de kimsiniz? Bu koku nereden geliyor? Ne olur bana o kokunun kaynağını gösterin, kurtuluşum orada olmalı..."

Yerimden kıpırdayamıyordum. Elim kolum bağlanmış gibiydi. Sadece kokuya odaklandım. Her nefes alışımda ruhumu okşayan bir gıdaydı bu. Ruhumun gıdası. Sanki kalbim ve ruhum gıdasını bulmuştu artık.

"Korkma çocuk. Aşk ve yanmak, ikisini birlikte yaşıyorsun. Aklındaki düşünceleri bir kenara koy, kalbinin sesini dinle, içindeki mana denizi seni kokunun sahibine götürecek."

"Ama nasıl olur, daha bana kendinizi bile tanıtmadınız? Siz de kimsiniz?"

"Ben Said. Üstadın..."

"Üstadım mı? Ama ben sizi hiç görmedim, bu nasıl olur? Ne ben sizi tanıyorum, ne de siz beni? Hem elinizdeki o kitap da neyin nesi öyle?"

"Bu kitap senin çocuk. Aşkın kaynağından sadece bir damla. Hani kokunun sahibini arıyordun ya, bu kitabın kaynağı da o kokunun sahibinin elinde işte. Bu senin davan. Diğerleri gibi bu kitaba sıkı sıkı sarıl. Her gün hiç bıkmadan oku. Davan mübarek olsun keçeli..." dedi ve birden kayboldu. Kalabalığa doğru, kol kola yürüdüğü o diğer kişinin yanına giderken gördüm onu.

Diğerleri dediği de kimdi?

Üstadın dava dediği şey ne demekti?

Yalnız 'keçeli' kelimesi o kadar çok hoşuma gitmişti ki...

Biraz korkmuştum ama. Bu yaşadıklarımın bir rüya olduğunun farkındaydım artık. Üstadımın gidişi, yerini yağmurlara bırakmıştı. Yağmurun başlamasıyla beraber elim kolum çözüldü. Üzerimdeki halsizlik birdenbire dipdiri bir dinçlik haline dönüştü. Bana bıraktığı kitap karşımda duruyordu. Elime aldım. Daha önce hiç bu kadar heyecanlandığımı hatırlamıyorum. Solumda, o günahkâr kalbimin en derinlerinde bir his doğdu, "Sırra az kaldı," diye. Kitabı açtım. O on dört kuş en başından bu yana tepemde uçuyordu. Bir ara gözlerimi açar gibi oldum. Ulu Cami'deydim ama bilinçaltımda yaşadığım olayın içinden hâlâ çıkamıyordum..

"Oku," diyor kalbim, o saman yapraklı sayfaları çevirdikçe...

"Ey kardeş! Benden birkaç nasihat istedin. Sen bir asker olduğun için, askerlik temsilâtıyla, sekiz hikâyeciklerle birkaç hakikati nefsimle beraber dinle. Çünkü ben nefsimi herkesten ziyade nasihate muhtaç görüyorum. Vaktiyle sekiz ayetten istifade ettiğim sekiz sözü biraz uzunca nefsime demiştim. Şimdi kısaca ve avam lisanıyla nefsime diyeceğim. Kim isterse beraber dinlesin.

BİRİNCİ SÖZ

BİSMİLLAH her hayrın başıdır. Biz dahi başta ona başlarız..."

Ben okumaya devam ettikçe yağmur şiddetini artırmaya başladı. Okumaya devam ediyordum ama kelimeler o kadar ağırdı ki, okuduklarımı anlamakta güçlük çekiyordum. Bazı kelimelerin anlamını bilmesem bile ruhum kendine pay çıkarır gibiydi. Yağmur, koku ve sesler... Hepsini bir arada yaşıyordum artık. Yağmur, yaralarımı iyileştiren bir merhem gibi gelir bana çocukluğumdan bu yana. Günümüzün ilaçlarının yapamadığını yapar hatta. ODTÜ'de psikoloji bölümünü bitirmiş birinin tedavisini bulamadığı yaraları saracak kadar iyidir yağmurun toprağa düşerken çıkardığı ses. İş yağmurda değil aslında. Asıl mesele yağmurun arkasındaki kudrette. Söz açılmışken, yağmur yağmaz kardeşim, yağmur yağdırılır. O pahalı, cep yakan ilaçların yapamadığı şeyleri yapar yağmur. En güzel de gözyaşlarınıza eşlik eder.

Önemli olan güneşin nereden doğup nereden battığı değil. Asıl önemli olan aklı ve şuuru olmayan güneşe nereden doğup nereden batacağını emredenin kim olduğunun farkında olabilmek.

Yazı kışa,

Geceyi gündüze çeviren,

Yağmurları bulutlardan ayıran.

Ve gün gelip ölümü dahi öldürecek olan Rabb'e hamd olsun.

Kalbim baştan aşağı hatıralarla doluydu, belki de hiç kimsenin tenezzül etmeyeceği hatıralar. Bedeni aç bırakmak sorun değil belki ama peki ya ruhu aç bırakmak, kalbi aç bırakmak? Öyle soğuktu ki etraf. Yağmur her saniye şiddetini artırıyordu. Burada insanlar yağmurdan kaçmıyordu. Bir ara karla karışık yağmur yağmaya başladı. Eşlik ediyorlardı birbirlerine. İki âşık gibi el ele, kol kola Hakk yolunda süzüle süzüle...

Üstadımın bana doğru yeniden gelişini gördüm. O adam vardı yanında. Koku birdenbire meydana çıkmıştı o adamı karşımda üstadımla kol kola görünce. Koku, kalbimin şifasıydı sanki. Kalbim gerçek aşkını bulmuş gibiydi. Bütün sevmelerin üstünde bir his yaşıyordum. Kalbim ve aklım kokuya öylesine odaklanmıştı ki, gözlerimi alıkoyamıyordum. Birileri duysa bu rüyadan uyanacakmışım gibi, içimden konuşuyordum karşımdaki insanla. Çevremizde öyle bir nur vardı ki, üzerimizde uçan kuşların kanat çırpışı bile değişmişti. Şiddetli yağmur kuşların uçmasına engel olmuyordu.

Onunla konuşmaya başladım...

Cümlelerim titriyordu. Nasıl başlasam? Ömrümde bildiğim hangi güzel cümleleri kullansam da saygısızlık etmesem diye içimden geçirirken, titreyen nefesim, avuçlarımda atan kalbimle "Yoksa siz..." deyip üzerimize yağan yağmurları yenen gözyaşlarıma engel olamıyordum. Ağlamaktan konuşamıyordum bile. O karşımdaydı. Elimi uzatsam dokunacak kadar, aldığı nefesi bir ömür aklımda tutabilecek kadar yakınımda. Kokunun gerçek sahibi karşımdaydı.

Aşk rayiham...

Var oluş sebebim, yüzündeki çizgileri aklıma kazıyacak kadar yakınımda.

"Fatih," diye seslendi bana. Ah... Sırf bunun için bile gözünü kırpmadan canını verir insan. Adımı söyledi ya, adım o mübarek nefesine değdi ya, bir kez olsun "Fatih" dedi ya... Ya Resulullah! Şu günahkâr gözlerim seni gördü ya, artık cehennem dahi cennettir bana.

Dün gece hava karlıydı. Daha yere yeni düşmüş o kar tanelerine basmamak için adımlarımı korkarak attım desem inanır mısınız bana? Peki biz bu kadar ince olmayı hak edecek ne yaptık kardeşim? Kaç kez kızıyorum anneme, kuralım şu sobayı artık evin ortasına diye. Biraz da kızarmış ekmek kokusu sarsın evin içini. Biraz da çocukluğumuzdaki gibi eğilip, sobanın deliğinden içeri bakıp yanan ateşi seyretsek fena olmaz mı yani? Bahane her kış aynıdır; "Ah be oğlum! Kim uğraşacak şimdi sobayla," der, geçiştirir her mevsimde. En çok da sobanın üzerinde kızaran bir ekmeğin kokusunu özlersin. Bu düzen onu da aldı elimizden. Evin tam da ortasında, köyün âşık delikanlıları gibi cayır cayır yanan sobalar. Evinizin pencerelerini açmaktan korkmayın. Bırakın yağmurdan sonra topraktan kalkan o koku girsin içeri, kışın soğuğu girsin, çocuk kahkahaları, pazarda gördüğü oyuncağı aldırmak için annesinin paçalarına yapışan çocuğun ağlayışı girsin, rüzgârın eserken getirdiği tozlar, yazın sıcaklığında, ihtiyacınızın olduğu en zor ânınızda pencerenizden içeri girmiş rüzgâr değsin teninize, dolu dolu ezan sesi girsin... Ama bu güzelliklerden mahrum kalmayalım. Bırakın kirli kalsın pencerelerimiz, sonra bir yar gelir çiçekler açar orada. Sadece sevdiğin kokan çiçekler...

Uyandığımda yüzümde şaşkınlık hâkimdi. Camide epeyce bir cemaat vardı. Ezanın okunmasıyla birlikte bir amca, "Kalk oğlum! Uyuyakalmışsın burada. Abdestini tazele, ezan okunuyor," diyerek uyandırdı. Daha üzerimdeki şaşkınlığı atamadan abdestimi tazelemek için orta havuza doğru giderken cemaatten birinin okuduğu kırmızı kaplı bir kitap dikkatimi çekti. İlk başta Kuran sandım. Yanına yaklaştıkça içinde Arapça yazısı göremeyince anladım ki Kuran değildi. Biraz önce bilinçaltımda yaşadıklarımda okuduğum kitabın aynısıydı. Tevafukun böylesi.

Namaz bittikten sonra hemen avluya attım kendimi. Dışarısı soğuktu ama içimde öyle bir yangın vardı ki, çıplak ayaklarla basabilirim toprağa. Kendime gelebilmek için bir tahta tabureye oturup sıcak bir çay içtim. Ulu Cami'de kıldığım her namazdan sonra yaptığım şeydir bu. O küçük taburelere oturup, mutlaka bir bardak çay içip öyle koyulurum yola. Bu avlu öyle iyi gelir ki bana. Başka bir şey vardır burada. Yüreğindeki iman ateşinin alevlerinin göklere yükseldiği atalarımın bastığı yerlere basıyorum ya, belki de o yüzden seviyorumdur. Belki de her karışı eski diyedir. Eve gidince bütün bu yaşadıklarımı kâğıda dökmem lazım diye düşündüm. İçim içime sığmıyordu. Onu gördüm ya, tamam, dedim, şu an şurada ölsem de gam yemem artık.

Kışın son günleriydi, belki bir daha dün geceki gibi kar yağmaz diye düşündüm. Bu şehrin yeşiline öyle güzel yakışır ki kış. Sevdiklerini hatırlatıyor insana, şubat gününde gelinlik giymiş bu sokaklar. Yaşadığımız şehirler gün geçtikçe büyüyor. Her yere göğü delmeye azmetmiş ruhsuz betondan binalar dikiyorlar. O koskoca binaların arasında gökyüzünü göremeden maviye hasret bir şekilde yaşamak öyle zor geliyor ki bana. O sermaye babalarının diktiği binaların gölgesinin esir aldığı sokaklarda başım biraz öne eğik hızlı adımlarla yürümek esaret gibi geliyor bana. Biz bu dünyada misafir değil miydik kardeşim? Misafiriz değil mi? Öyleyse neden misafirliğin gerektirdiği gibi yaşamıyoruz? Yeşil denizdi önceden bizim buraları. Şimdi yeşilini de aldılar bu şehrin. Yerin dibine batsın rezidanslarınız. Gireceğimiz yer iki metre kare toprak ulan!

Yorgunluk vardı biraz üzerimde. Yol boyunca yaşadığım olayın etkisindeydim. Yaşadıklarımı unutmadan bir an önce yazmalıydım. Koku hâlâ burnumdaydı. Hiç bitmesin istiyordum. Nasıl bir kokudur bu. Bir koku daha ne kadar güzel gelebilir ki insana! Kokunun sahibi öyle güzeldi ki, kokusu gibi bu rüya da hiç bitmesin istedim.

Daha dün yediği yemeği hatırlamayan abilerin anlattığı gibi değilmiş aşk. İlerlemeliyiz. Ayağa kalkmalıyız. Biz buraya oturmaya değil, yola koyulmaya geldik. Evet, yürüdüğümüz yollar dikenli. Yükümüz ağır. Kimselerin niyet edip de çıkamayacağı yollara biz ömrümüzü talip ettik de çıktık. Kalu Bela'da seçtik Müslüman olmayı, böyle bir peygambere ümmet olma şerefine nail olmayı. Gül kurur, sen kokusunu hatırla. Çünkü aşk her şeyi affeder.

Kelebek kadar ömrümüzde kar taneleri gibi hayatlarımız var. Tıpkı o kar taneleri gibi hepsi birbirinden farklı. Farklı oldum hep. İnsanların modern şeylere takıntıları varken eskinin yeri farklıydı bende. Kışı yazdan çok sevdim mesela. İnsanlar yağmurdan kaçarken anlamsızca baktım arkalarından. Kalbe yağan yağmura şemsiye tutsan ne fayda ki? Biz öyle bir yol seçtik ki erimek için, bizim yürüdüğümüz yol öyle bir yol ki... Evet belki dikenli, belki ayaklarımız kanayacak. Ama bileceğiz ki ayağımıza batan dikenlerin sebebi yolun sonunda kokuyu ciğerlerimize kadar çekmekmiş.

Yanlış şeylere sarılıyoruz aslında, sarılacağımız şey dünya değil, iman hakikatleridir. Çünkü bu davayı kaybedersen sonsuzu kaybedersin...

Kantar

Benim gibi büyük bir şehirde yaşıyorsanız, mutlaka insanların çok yoğun şekilde kullandığı metro istasyonlarının alt geçit giriş çıkışlarında bulunan o yürüyen merdivenlerin civarında önüne koyduğu birkaç mendil ve belki de hayatındaki en büyük sırdaşı olan kantarla para kazanmaya çalışan çocukları görmüşsünüzdür. Yanlarından geçerken adımlarımızı sessiz ve sakince atarak geçtiğimiz, yüzlerine bakmaya utandığımız, hatta çoğumuzun bile bile görmezden geldiği o çocuklardan bahsediyorum. Matematiğin hiçbir zaman bilemeyeceği helal iki liranın, haram üç liradan daha çok olduğunu ispat eden çocuklar.

Eğer şu an şu satırı okuyabiliyorsan o kadar şanslısın ki, insanların ekmek almaya dahi parası yokken sen belki de şu an çayını yudumlayarak bu kitabı okuyabilecek kadar şanslısın. Onların, acaba İphone mu yoksa Samsung mu alsam, gibi kendilerince karar veremedikleri imkânları yok. Onlar hayallerini "Kûn Fe Yekûn" ayetine emanet etmiş çocukların ta... kendisi.

Önündeki kantara insanlığımızı koyup tartmaya kalksak kilo basmaz, adım kadar eminim bundan. Size de oluyor mu bilmem. Bir düğüm takılıyor boğazıma, yutkundukça acıyor. Geçmiyor sonra... Utanıyorum kendimden. Nefsimi karşıma alıp avaz avaz bağırmak istiyorum. Keşke herkesin vicdanı kadar ömrü olsa diyesi geliyor insanın. İşte o zaman kelebeklerden de kısa yaşardık be kardeşim.

"Gece yattığında üzerine çektiği yorgan değildir insanı ısıtan, yüreğidir," derdi halam. "Gece yastığa başımızı koyduğumuzda yüreğin ferah değilse, üstüne kat kat yorgan çeksen de üşürsün," demişti. "Ama sen hep üşüyenlerden ol," dedi ve gitti sonra.

Biz üşüyenlerden miyiz? Yoksa her gece başını yastığa rahat koyanlardan mı? Üşümeliyiz. Ümmetin çocukları bombalanmış binaların enkazları altından çıkarıldığı sürece, şehit babasının al bayraklara sarılı tabutunu bir elinde bırakamadığı o oyuncağıyla arkadaşına göstererek, "Bak bu benim babam," diyen, sokaklarda çöp kasalarını karıştırıp karton toplayan, metro önlerinde önüne koyduğu kantarla para kazanmaya çalışan, trafik lambalarında her kırmızı ışıkta arabalarımızın önüne atlayıp, "Abi bir mendil alır mısın?", "Abi arabanın camını sileyim mi?" diyen çocuklar gibileri bitmedikçe bu dünyada yüreğimiz hiçbir zaman ferah olmasın zaten!

Sevgilisi ile el ele gezenlere hiç özenmedim ama yatar yatmaz uyuyanlara hep özenmişimdir.

Bir vicdan lazım bize. Öyle bir vicdan izi lazım ki, hiçbir zaman çıkmasın kalbimizden. Kaybolmasın. Nerede bir mazlum görsek ay kesiği bir yara gibi içerlerde, en derinlerde bir yerlerde sızlasın o iz.

Üstümüze kat kat çekecek yorganlar lazım değil ki bize. Gece başımızı yastığa rahat koyabilecek bir yürek lazım. Dünyayı sırtından indirmiş bir yürek. Hepsi bu.

Ne kadar da şımarık bir hayatımız var değil mi? Yediğin önünde, yemediğin arkanda diye bir söz var ya hani, hah işte tam o misal bizimkisi. Şükretmeden geçirdiğimiz şaşaalı hayatlar. Cebindeki bozuklukları önündeki boş karton kutuya atmayan, kırmızı ışıkta mendil satan bir çocuk gördüğünde arabasının camını alelacele kapamaya çalışıp, camına tıklayan çocuğu görmezden gelen cimri insanlar tanıyorum bu hayatta. Kefenin cebi olduğunu sanan insanlar. Bazen ne diyorum biliyor musun? Öbür tarafta para geçseydi bile bizim gibilerin parasını orada kabul etmezler herhalde.

Senden bir şey rica edeceğim kardeşim. Seni tanımıyorum maalesef, kim olduğunu da bilmiyorum. Oturup karşılıklı bir çay bile içemedik daha önce seninle. Bir sonraki sayfa için bana da bir bardak çay koyar mısın? Şekersiz olsun ama. Karşılıklı içeriz. Muhabbetimiz devam edecek çünkü.

Evet, seni tanımıyorum. Ama kitap okuduğuna göre çok iyi birisi olmalısın sevgili okur. İlk defa okuduğu bir kitabı eline alır almaz sayfaların kokusunu içine çeken, okuduğu yerlerde hoşuna giden cümlelerin altını çizen biri kötü olamaz zaten.

Mekke'de Çocuk Olmak

Nasıl özeniyorum biliyor musun kardeşim

Mekke'de çocuk olmaya...

Mekke'de çocuk olsak diyorum bazen...

Bakkala diye çıkıp Kâbe'ye koşsak.

Ne zaman yağmur yağsa Bursa'ya, kapatıyorum gözlerimi.

Sonra Medine'ye gidiyor aklım...

Diyorum ki, Medine'de bir kuş olsak şimdi.

Konsak o yeşil kubbenin üstüne.

Ne kadar yağarsa yağsın yağmur.

Ne kadar çıkarsa çıksın rüzgâr.

Kırsalar kanadımızı.

Bir daha hiç uçamasak.

Öylece kalsak.

Nasibimiz onun ayakları ucunda son nefesimizi vermek olsa.

Demiş ya Cahit Zarifoğlu, "Kuşlar da kaderle uçar" diye.

Bir gün sen ve ben. Yani diyorum ki gelmeden ölüm, çalmadan kapımızı, ayaklarımızın altı şişene kadar Kâbe'de tavaf etsek.

Dilimiz damağımız kuruyana kadar Kuran-ı Kerim okusak Resulullah'ın ayaklarının ucunda.

Öyle koşsak ki Sefa ile Merve arasında...

Her adımımız vuslatımız olsa.

Tek solukta çıksak Hira mağarasına. Nefes almadan, ses çıkarmadan kapasak gözlerimizi,

"İkra" olan o ilk ayetin manası ciğerlerimize işlese.

Öyle bir tövbe etsek ki Arafat'ta, bir daha hiç dönüşü olmasa.

Yansak. O aşkın ateşinde kor olsak. Ve bir daha hiç sönmesek.

Şu kaderin kanatları bir gün bizi de uçurur mu oraya?

Not: Rabbim önce sana nasip etsin, sonra bana.

Ya Hu

Derdim büyük diye yakınma sakın. Sıkma canını. Büyük insanların büyük dertleri olur.

Sınanmamış mıydı

Kabil Habil ile,

Yakup Yusuf ile

İbrahim İshak ile?

Ya Karun'a ne demeli? Zenginlik kör etmemiş miydi gözlerini? Toprak yutmadı mı daha sonra her şeyini? Bak şimdi geriye, servetinin anahtarlarını orduların taşıdığı Karun da malı da toprağın altında.

Kabil ilk dersi almamış mıydı kargadan?

Yusuf'un kanlı gömleği merhem olmamış mıydı Yakup'un gözlerine?

Kâbe'yi yıkmaya gelen Ebrehe ordusuna dar etmemiş miydi Allah ebabil kuşlarıyla dünyayı?

Söylesene bana başka hangi ateş yakar İbrahim peygamberi, Allah emretmedikten sonra?

Nemrut'a aczi öğreten sivrisinek değil miydi?

Hira mağarasında küfrün gözlerini kör etmemiş miydi örümceğin ağları?

Teslimiyet diye bir şey var. Biz ona, tevekkül diyoruz. Ve şunu sakın unutma; Allah, hiçbir kuluna kaldıramayacağı dert vermez. Derdi küçük olduğu için sevineceğine, niye daha büyük derdim yok diye üzülmeli insan.

Dert bu, gelir geçer ama...

Geldiği yer de seni götüreceği yer de Hakk'ın yoludur.

Allah yanındaysa, bil ki sırtına şu koca dağları da yükleseler, o dağları sırtında taşımaktan yorulmazsın.

Sırtındaki pamuk da olsa, sen derdin geldiği yeri unutursan o pamuğun altında da ezilirsin.

Sen yaranı bir tek Rabb'ine göster.

Onun merhem olduğu yaralar bir daha kanamaz çünkü.

Dert ki, Allah'ın kuluna seni seviyorum deme şeklidir.

Allah'ın bize ihtiyacı yok elbette ama bizim ona hücrelerimize kadar ihtiyacımız var.

Derdi veren Rabb'e hamd olsun.

Ol Deyince Olana Hamd Olsun

Bazı şeyler paylaştıkça çoğalır. Dua gibi mesela.

Dağıttıkça dağ olur. Sonra avuç içlerindeki o nur denizinde yüzerken bulursun kendini. Artık kıyılar kesmez. Açıldıkça açılır, daha derinlerde ararsın hakikati.

Dua, kulun rabbin sayıyız kapısını çalma şeklidir.

Sen yeter ki dua edeceğim de.

Çıkmaz sokaklarda da etsen sen duanı,

Yollar ardına kadar açılır.

Sen yeter ki o yola gir.

O yollar seni ona götürür.

Sen yeter ki yürüyeceğim de

Ve yürü.

Onun yolunda ol ya da olma.

Ama şunu da unutma,

O, aldığın her nefeste seninle.

Dünya Herkesle Nişanlanır Ama Kimseyle Evlenmez

Dünyayı arkana alma vakti gelmedi mi be kardeşim artık?

Geldi de geçiyor bile değil mi? Şu sonu olmayan reklamlar, bitmek tükenmek bilmeyen ucuz kâğıtlar üzerine yazılıp çizilen diziler. Artık altıncı duyu organımız olmaya yüz tutmuş, ellerimizden düşüremediğimiz telefonlarımız... Telefonlarımız diyorum, bir tanesi yetmiyor artık. O kadar meşgulüz ki, kuşların kanat çırpışı çocukluğumuzda kaldı, başımızı kaldırıp bakamıyoruz gökyüzüne. Saplandık!

En son ne zaman dünyadan uzak bir şekilde bir saat de olsa bir başına kaldın?

En son ne zaman oturup yağmurun rahmetle yağışını izledin?

En son ne zaman pencerene vuran yağmur damlalarında tefekkür ile takılı kaldı gözlerin?

En son ne zaman bir ezan arası oturup gözlerin buğulu bir şekilde sıraladın dualarını?

Öyle ya, benimki de laf, insanlar artık betonlaşmış hayatların içinde güneşin nereden doğup nereden battığını unutur hale geldi. Asıl yapmaları gereken şeylerden vazgeçip duygularını kâğıt parçası için hiç uğruna sattı insanlar. Huzuru, öbür dünyaya bir kuruşunu dahi götüremediğimiz kâğıt parçalarında aramaya çalıştıkça güneş bazı insanlar için hiç doğmamaya başladı sonra, gece çökse de ay ışıltısını göstermedi onlara.

Gözlerindeki tefekkür perdesini yaktılar hiç uğruna.

Baktığımızda görülmesi gereken tek bir Zat varken, onlar görmek istedikleri şeyleri gördüler.

Anlamak istediklerini can kulağıyla dinleyip, duymak istemedikleri, zor gelen şeylere karşı sağır sultanı oynadılar. Oscar'lık hem de!

Ezanlar inletirken günde beş vakit şu topraklarda semayı, insanlar o dededen kalma bavullarında sağır sultanı taşıdılar hep.

Yanlışın peşinden koştuk bir ömür boyu, tövbe kapısı ardına kadar açıkken. Bir kere olsun dönüp de bakmadık. Dünya, küçükken elimizden düşürmediğimiz o şeker gibi tatlı geldi hepimize. Neyinden vazgeçemedik ki? Hiç sorduk mu kendimize bizi dünyaya alıkoyan, peşinden sürükleyen neyin nesidir? Oysa dünya bir kapıdan girip diğer kapıdan çıkmak kadar kısa.

Ne acıdır, onca dünyevi romanı bitiren bir insanın sonsuz, ebedi hayatını kurtaracak olan kitabı hiç okumamış olması. Ne acıdır, düğünden düğüne koşan bir insanın asıl davete hiç uğramamış olmaması.

Herkes kendi filminin esas kızını ya da esas oğlanını oynar.

3-2-1 kayıt...

Bir gün öleceğiz be kardeşim. Ölüm bir nefes kadar yakın, bir nefes kadar uzak.

Bu filmin sonuna cenneti ya da cehennemi yazmak senin elinde.

Âşıklar Şehri Medine

Gecenin ve gündüzün iç içe olduğu...
Geceleri güneşin batmadığı yerdir Medine...
Ay ve güneş bir tek orada yaşar sevdasını.

Kavga

Kardeş payı diye bir şey var.

Sana az olan düşse de sesini çıkarmazsın.

Hatta öyle ki, kendi payına düşeni de ona vermek gelir içinden.

Halil, İbrahim olmak da bunu gerektirir zaten.

Dostu dosta,

Kardeşi kardeşe...

Ve sonunda Müslümanı Müslümana düşürdüler.

Yazık!

Neyin kavgası bu?

Unutma, Hepimizin kıblesi aynı yönde.

Teknolojik Parem

Bakıyorum da şimdiki nesle, edepten değil de telefondan dolayı başlarımız öne eğik. Bir gün nasıl olduysa artık, olacak iş değil, telefonumu yanıma almayı unutmuşum. Elimi cebime attığımda, nasıl anlatsam, hah, durun buldum, sanki yüzde bir şarjı kalmış da şarja takılmayı bekleyen telefon durumuna düştüm bir an. Hani olur ya, sosyal medyada son sürat gezinirsin, bir an o içini yakan "%10 şarjın kaldı" uyarısı gelir. Eminim sizin de başınıza gelmiştir. Bir de şarj edecek durumda değilsen, drama filmlerine taş çıkartırsın. Fonda müzik... Acıların çocuğu Emrah. Al sana Oscar'a adaylık bir film. Başrolde sen. Ateist gören masum köylü misali...

Sanki o olmazsa nefes alamayacakmışım gibi. Cebimde dünyalar kadar bir boşluk varmışçasına bir hisse kapıldım. Gerçekten de öyle. Siz de bana katılır mısınız bilmem ama tek tuşla istediğimiz her şeyden haberdar oluyoruz. Adamlar yapmış kardeşim. Sahiden de dünyayı cebimizde taşıyoruz. Artık öyle bir pozisyona geldi ki, telefon utanmasa benimle konuşacak. İOS'çular bilir [Yani zenginler;)] gerçi "Siri" midir nedir onu da yaptı adamlar.

Dahası da var, sanki ellerim kırk yıllık dostunu toprağa vermişçesine feryatlar içerisindeydi. İnsan telefonunu özler mi hiç? Ayrılığımız birkaç saat sürmesine rağmen özledim işte. Utanmasam şiir yazacağım. Düşünsenize telefonuma şiir yazıyorum. Herhalde şöyle bir şey olurdu:

Ah benim ellerimin parçası, cebimdeki koskoca boşluğum.

Ellerim ekranına dokunamadığı andan beri 3G'nin kokusu burnumda kaldı.

Hatırlar mısın Teknolojik parem?

Seninle Facebook'ta sabahlardık,

Twitter'da dibine kadar RT yapardık.

İnstagram'da dolaşırdık, nasılda beğenirdik fotoğrafları hiç durmadan.

Komşunun kaçak wifi'ına bağlanıp Youtube'dan ayrılık şarkıları dinlerdik gecenin bir yarıları.

Şimdi ise sensizim, attığım her adımda cebimde koca bir boşluk.

Ellerim o saatten bu yana gözyaşı döker ardından.

Hatırlar mısın? Beni sabah namazına kaldırman için alarmını kurardım da sen hiç aksatmadan çalardın ama ben erteleyip dururdum seni. Sonra annem elinde bir bardak soğuk suyla odamda alırdı soluğu...

İnsan hiç "%10 şarjın kaldı" uyarısını özler mi?

İçinde sen olunca özlüyorum.

Gelsen işte Teknolojik parem.

Android'i de koluna takıp bütün İOS'luğunla gelsen işte.

Özlemek mi? Sana benzeyen her Android'e sarılasım geliyor.

Telefonuma şiir yazdığım günden sonra bir daha telefon kullanmamaya karar verdim. Şaka şaka, tabii ki kullanıyorum. Eskisi gibi olmasa da...

İşin esprisi bir yana, şunu söylemeden edemeyeceğim; şiddetle tavsiye ediyorum, hatta bir gün deneyin bunu. Artık benim gibi bilinçsiz bir şekilde evde mi unutursunuz ya da kendi iradenizle yanınıza almayıp dışarı mı çıkarsınız orasını bilemem. Hem zaten merak etmeyin, işi düşen, Fizan'a gitseniz de sizi bulur. Yeter ki işi düşsün!

Bu arada telefonuma kavuştuğumda kampanyalardan, önünden geçmişliğimin olmadığı bankalardan gelen birkaç mesaj dışında ne arayan olmuş ne de soran. Hoş, o da olmasa telefonumun zil sesini de unutacağım ya.

Bütün bunların üstüne sonra dedim ki kendi kendime, bugün de bize kimsenin işi düşmemiş Fatih.

Ama hamdolsun ki Rabbim var.

O bana yeter!

Hüzünlü Yüreklerin Baş Misafiri

Kırık kalplerin ilacı yalnızca Allah'tadır. Huzuru bulmak istiyorsan önce huzura varman gerekir.

Bir söz vardır, "Kendini bilen rabbini bilir" diye. O hep bir yerlerde var aslında. Bir dost omzu aradığında o her zaman şah damarından daha yakın. Ama biz ancak zor duruma düştüğümüzde, canımız bir şeylere sıkıldığında, yaşama gücümüzü yitirdiğimizi düşündüğümüzde, bu gibi durumlarda aklımıza getiriyoruz en sevgiliyi. Hep en kötü anlarımızda. Oysa bir gün herkes gider, unutur, üzer, yarı yolda bırakır... Yalnız tek birisi vardır ben hep buradayım diyen. Düşünsene bir sabah kalktığında güneşin doğmadığını, işte onun gibidir içinde Allah aşkı olmayan kalp. Nereye baksan hep karanlık. Nereye baksan bomboş bir oda. Ama onu bulan kalp güneşi arar mı hiç? O vakit uçmak için kanat gerekir mi? O yolda yorulmak bilir mi adımlar? Yürüdüğün yol Hakk'ın yoluysa o yolda yorulmak da nimettir. Bir okyanus düşün. Adı "Aşk" olsun. Sadece kıyısında mı yüzersin, yoksa o aşkın kaynağına ulaşmak için yüzmeye devam mı edersin?

Elif gibi dosdoğru yazılmış tarihimizi yalan yanlış yaşayan çocuklarız işte. Daha kötüsü yok.

Anlatamıyoruz kardeşim,

Fanatiği olduğumuz bir futbol takımını anlatabildiğimiz kadar,

Gözümüzü kırpmadan izlediğimiz bir diziyi kesintisiz anlatabildiğimiz,

Başka birisinin derdinin sıkıntısının dedikodusunu sağda solda yapabildiğimiz kadar anlatamıyoruz Allah'ı.

Karşı komşumuzun evinde ne olup bittiğini çok iyi biliyoruz ama maalesef Allah'ı anlatamıyoruz. Yazık!

Niye biliyor musun, gören körleriz biz.

Öyle insanlar tanıyorum ki, gözlerindeki tefekkür perdesini akşam pazarında üç kuruşa satmış insanlar hepsi. Evet, gerçek. Bir yerlerde yağmurdan kaçan insanlar ya da hayatı boyunca yağmura yakalanmamış insanlar vardır belki. Gerçek sevgiliden çok ölüme gider gibi yürüyorlar betonlaşmış bir şehrin kalabalığı içinde. Denizini kaybetmiş martı gibi çaresiz.

Ahh kardeşim Ahh...

İnsanlar çıplak ayaklarla toprağa basmayı unuttukça geldiği yeri de unuttu işte.

İnsan geldiği yeri unutursa, bir gün oraya geri döndüğünde cansız bedeniyle, toprak bağrını açar mı bilmem.

Yalnız şunu çok iyi biliyorum, dünya sahiden de yuvarlak çünkü topraktan, geldik toprağa gidiyoruz.

Geldiğin yeri unutursan, yürüdüğün yollar seni gideceğin yere götürmez.

Nasipten Ötesi Yok

Vaktiyle camide zengin bir adamla bir derviş yan yana namaz kılıyorlarmış. Birbirlerine olan yakınlıklarından dolayı ne okuduklarını ne de dua ettiklerini duyuyorlarmış. Derviş namazdan sonra ellerini açmış, "Ya Rabbi! Karnım çok aç. Beni şu yemek ve şu tatlılardan rızıklandır," diye dua etmiş.

Dervişin duasını duyan zengin adam içinden şöyle geçirmiş:

"Bana duyurmak için sesli dua ediyor. Böyle yapmaktansa doğrudan gelip para isteseydi verirdim. Şimdi ona bir şey vermem."

Zengin adam böyle düşünürken derviş caminin bir kenarına çekilmiş ve uykuya dalmış. Az sonra camiye elinde tepsiyle bir adam gelmiş. Doğruca uyuyan dervişin yanına giderek onu uyandırmış ve elindeki tepsiyi vermiş. Zengin adam ise geriden bu hadiseyi takip ediyormuş. Derviş tepsinin örtüsünü açmış. Tepside, dervişin az önce ettiği duadaki yemekler varmış. Bu duruma çok sevinen derviş yemekleri hemen yemiş, tepsiyi adama geri vermiş.

Bu işe hayret eden zengin adam merakla yemekleri getiren kişiye yaklaşıp sormuş:

"Arkadaş sen kimsin?"

"Ben hamallık yapan biriyim."

"Bu adamı tanıyor musun?"

"Hayır."

"Bu yemekleri kim gönderdi?"

"Kimse göndermedi ben getirdim."

"Peki tanımıyorsun da niye getirdin?"

"Anlatayım. Ben fakir biriyim. Hamallık yaparak geçimimi sağlamaya çalışıyorum. Yükünü taşıdığım zengin biri bana fazlaca para vermişti. Hazır elime para geçmişken eşimin ve çocuklarımın istediği yemekleri yapmak için gereken malzemeleri alıp eve gittim. Eşim yemekleri yaparken ben uyuyakalmışım. Rüyamda efendimizi (sav) gördüm. Bana buyurdular ki, 'Şu camide bir veli var. Onun canı bu yemekleri istedi. Ona bu yemekleri götür. Yiyebildiği kadar yesin. Kalanını da siz yiyin. Allah size bereket verir. Bunu yaparsan senin cennete girmene ben kefil olurum.' Uyanır uyanmaz hemen tepsiyi buraya getirdim. Gerisini siz de gördünüz."

Zengin adam bu durum karşısında hayretler içinde kalmış ve hamala sormuş:

"Bu yemekler için ne kadar masraf ettin?"

Adam o zamanın parasına göre bir şeyler söyler.

"Sana yaptığının on mislini vereyim bana kazandığın sevabın bir kısmını ver."

"Olmaz."

"Yirmi mislini vereyim?"

"Olmaz."

"Elli mislini? Yok yok yüz mislini vereyim?"

"Boşuna uğraşma, ne verirsen ver yine de vermem. Bunu karşılığında efendimiz (sav) benim cennete girmeme kefil oldu. Bütün dünyayı versen yine de vermem. Eğer senin bu sevaptan nasibin olsaydı bu iş sana nasip olurdu. Baksana yan yana namaz kılmışsınız ama senin paran nasip olmamış," diyerek zengin adama son sözünü söylemiş ve oradan uzaklaşmış.

İşte hikâye bu. Ne kadar doğrudur bilemem ama bizim doğruluğuna değil de ne anlatmak istediğine bakmamız lazım aslında.

İnsan asıl olmayacak duaya amin demeyi bıraktığı gün kaybeder.

İnsan diyorum, nasibinden bir adım dahi öteye gidemeyeceğini bildiği halde neden üzülür ki? Sanırım bunun sebebi insanoğlunun sadece ahiretteki huzuru ve saadeti dünyada aramasından kaynaklanıyor. Cenab-ı Hakk insanlara peygamberler ve kitaplar göndererek gerçek mutluluğun ahirette ve cennette olduğunu açıkça bildiriyor halbuki. O yolda gitmemizi şiddetle emrediyor. Dünyanın bir imtihan yeri olduğunu anlamayan kimseler gayrimeşru zevklerle kendilerini avutup dünyaya açmış gibi yaşayarak ebedi saadeti kaybediyorlar. Ne kötü değil mi? Sonsuz hayatın kaybedilmesi bırakın tüyleri diken diken etmeyi, insanın nefesini kesiyor adeta...

Vakti zamanında yaşayan bir adam, bin sene yaşayan Nuh peygamber için dünyanın nasıl bir yer olduğunu merak eder dururken bir gün Nuh peygamberi rüyasında görür ve aklını kemiren, çok merak ettiği o soruyu sorar:

"Ey Nuh! Sen şu dünyada bin sene yaşadın, dünya senin için nasıl bir yerdir?"

Nuh Peygamber, "Dünya benim için bir kapıdan girip diğer bir kapıdan çıkmak kadar kısaydı," diye cevap verir.

Acaba diyorum ortalama yetmiş yıl hayatı olan bizler için dünya nasıl bir yer?

Senin sandığın dünya bir gün seni içine alacak.

Dert etme. Bir kuş bile nasibi kadar kanat çırparken gökyüzünde, senin olana senden başkası asla sahip olamaz. Hem bu nasip öyle bir şeydir ki, sen ona gitmesen bile o sana gelir.

Sesleniş

Ya Rabb!

Seni en çok kim sevdi diye sorduklarında,

Bağıra bağıra,

Senin adını söyleyeceğim.

Dilimiz nasır tutacaksa eğer senin adını zikretmekten,

O da dilimizin ayıbı olsun.

Dertsizlerin Uyuduğu Saatlerde Biz Hep Ayakta Olduk

Başımı koyduğum yastık odamın tavanında asılı kalmış bir çift gözle kurduğum hayalleri ıslatıyor yağmur. Şükre meylettiğim onca duayı sıralarken, karıncalanmış avuç içlerimde her yağmurda ardına dek açtığım pencereme vuran damlalar eşlik eder dualarıma.

Gece dostlarının sırdaşıdır yağmur. Her damlası vuslata koşan âşıklar gibi damlar nefes aldığımız dünyaya. Bu gece öylesine yağıyor ki yağmur, her damlası fethedilmeyi bekleyen bir şehir gibi. Şahit olsak bu mucizeye surları kendiliğinden yıkılacakmış gibi.

Eğer bir gün herkes uyurken gece dışarıda yağan yağmura şahit olursanız, yere düştüğünde çıkardığı o sese kulak verin. O, vuslatın sesidir. Yağmurdan sonra topraktan kalkan o koku, aşkın kokusudur. Durmayın, ciğerlerinize kadar çekin o kokuyu. Kirlenen dünyada insanlığın bozmaya gücünün yetemeyeceği bazı şeylerden biridir.

Yağmur, vuslatın şiiridir.

Saat 03.55

Bana müsaade. Yağmur yağıyor...

Velhasıl kelam, bu gecede koca bir sessizlik düştü nasibimize.

Kiminin nasibi koca bir Elif yalnızlığıdır...

Telgrafın Tellerine Sıkışmayan Mektup

Önceden. Çok önceden. Çocuktum o zamanlar, yeşile ve maviye sevdalı bir çocuk. Bir de yağmura tabii. Yeşil denizdir bizim buraları. Sonra bir gün insanoğlu beton döktü pencerelerimize, yeşilin neye benzediğini unuttuk. Biliyor musun kardeşim, her şeye bir çare bulan şu insanoğlu bir gün gökyüzünü de betona bulayacak diye korkuyorum. Kendimi geçtim artık. Alıştık biz göğü delmeye azmetmiş binalar arasında nefes almaya. Kuşların penceresini karartmalarından ödüm kopuyor. Ki kuşlar gökyüzünün günahsız çocuklarıdır. Nasibince uçar. Kim ne derse desin. Gökyüzünün şairleri kuşlardır.

Neyi özlüyorum biliyor musun? Annemin yine eskisi gibi kolumdan tutup, mahallenin pazarında en fazla dizine geldiğim insanların arasında yürümeye çalışmayı. Hani o kalabalığın içinde birkaç saniye anneni gözden kaybedersin içine bir korku düşer ya. Korku özlenir mi hiç? Evet, özlenir. İçinde çocukluğun, unutulmaya yüz tutmuş anıların varsa özlenir. Bazen diyorum ki, şimdi yeniden yaşasam çocukluğumu, yapacağım ilk şey yine akşam ezanı okunmadan önce eve dönmek olurdu.

Ve ben artık yeşilliklere uzanıp gökyüzüne bakmak istiyorum.

Ben artık telgrafın tellerine sıkışmayan beyaz mektuplar bekliyorum...

Peki ya sen, çocukluğuna dönsen yapacağın ilk şey ne olurdu?

...

...

...

Çocuk Sesli Kaldırımlar

Sahi önceden çocuk sesli kaldırımlar vardı. Bir de o çocuklara, gidin başka yerde oynayın diye bağıran teyzeler.

Ne oldu onlara?

Teknoloji hepimizi evimize hapsetmiş bayım. Gökyüzünün neye benzediğini unutmuşuz. Acı olansa, artık kimse düşüp dizlerini kanatmıyor sokaklarda. Akşam ezanıyla birlikte eve koşuşturan çocukların ayak sesleri kesilmiş. Kandillerde ip tutan çocukların "Kandiliniz mübarek olsun," demesi vardı bir de, o temiz yüreklerden mahzun artık dışarısı.

Bir dünya düşünün.

Bir dünya ki orada günahsız çocuklar anne sesiyle değil de bombaların sesleriyle uyanıyor. Şimdi geceleri başını yastığa koyar koymaz uyumak mı dersin? Bana çok uzak!

Evet, bu dünya, çocuk kahkahaları yerini gözyaşına bıraktığı için kirlendi.

Eğer betonlaşmış bir şehrin içinde inadına kaldırımlar üzerinde yeşeren çocukların kahkahaları yerini gözyaşına bırakmışsa, artık yaşamayacaksın. Gerek yok çünkü.

Bu betondan hayat. Bu ruhsuz binalar. Kulak tırmalayan korna sesleri, çocuk kahkahalarının raflara kaldırıldığı bu asfalt sokaklar canımıza okuyor bizim. Siz, söyler misiniz en son ne zaman yeşilliklere uzanıp gökyüzüne baktınız?

Kısacası şöyle olmuş:

Biri, bak bu teknoloji demiş.

Biz de tapmışız...

İçimizdeki Dünya

İçimizde hep bir korku, hep bir yakarış. Bırakmalı artık gün batımına kadar süren gölgelerin arkasına saklanmayı. Avuçlarımızda maviliklerden sürgün yemiş martılar uçuyor. Eğin başınızı da bir bakın. Kan çanağı olmuş gözlerimizden ardıç ağaçlarının gövdesine kazınan sevdalar gibi ömürlük yaşlar dökülmeli yüreğimizin mendili olmuş seccadelerimize. Kavuşamayan âşıklar gibi kor olmuş. Yandıkça mum gibi, düştükçe kar tanesi gibi eriyen yaşlar.

Söylemediler mi sana hiç? Çocukken kaldırımlardan düşmeyeyim diye elini sıkı sıkı tuttuğun,

Daha konuşmayı bile sökememişken istediğin oyuncağı aldırabilmek uğruna paçalarına yapışıp ağladığın,

Aynadaki öbür yüzün olan o koca adam, denize kıyısı olan demir parmaklıklar arkasında başını okşayıp, "Âşığın döktüğü gözyaşı bile şiirdir. Herkes görür de çoğu okuyamaz," demedi mi?

Yolcusuz kalmış vapurlara yolcu olma vakti artık şimdi.

Ve ben inanıyorum, yüreğimde zincirlerinden kurtulmuş Ayasofya, esaret altında kalmış Kudüs sevdası ile en içten.

Gün gelecek sloganlar yerine şiirler yazılacak duvarlara.

Mısralarında Kudüs, Ayasofya.

Mısralarında Mekke, Medine.

Mısralarında Gazze.

Mısralarında şehirlerine bombalar yağan babanın kollarında evladının cansız bedenini taşıyışı,

Annesinin mezarına sarılıp yatan Suriyeli bir çocuğun gözyaşları.

Yurdundan, vatanından ezansız topraklara göç eden milletin cehennem gazabı taşıyan adımları yazılacak duvarlara.

Gün gelecek, o gün biri çıkacak, tek biri, ellerini semaya açıp, "Bana doğru geliniz," dediğinde, bizim şiirimizin sonu insanlık ve adaletle bitecek.

Ve şu dağlar, bir gün penceremden elimi uzattığımda dokunabileceğim onlara.

İçimizde bir yer var çocuk.

Kaçıp kaçıp oraya saklanıyoruz.

Ya Hu!

Bu gece de sana geldim. Gidecek başka yerim yok ki benim.

Dekolte Sevdalar

Dizilerde öyle sevdirdiler ki bize haram sevdaları. Herkes filmin konusu olan aşklar gibi aşk yaşamak için dekolte sevdaların peşine düştü. Acil aşk aranıyor diye bağırmadığımız kaldı bir tek. Bugün televizyonu açıp şöyle bir baksak çekilen dizilerin konusuna, on diziden dokuzu ya da sekizi aşkla ilgilidir. Sanki başka hiç konu yokmuş gibi. Ballandıra ballandıra işlediler evimizin içinde. Bize de çayımızı demleyip televizyonun karşısında bağdaş kurup izlemek düştü. Bir yasağı sevdirdiler bize yıllardır. Haramı helalmiş gibi işlediler.

Bu hep böyledir, ömrümün sonuna kadar seni seveceğim, diye başlar aşk masalları.

Aşkım, bir tanem, hayatım, ömrüm, prensesim, meleğim, canımlar, cicimler... Hiç yabancı gelmiyor değil mi? Ne kadar da tanıdık. Ne kadar da aşina kulaklarımız bu hitap sözcüklerine. Çünkü ömrümün sonuna kadar seni hep seveceğim diye söz verdiğiniz birine mutlaka söylemişsinizdir bunları. Adını dahi bilmediğin yazarların, şairlerin eserlerinden alıntı yapıp bir kısa mesajla ona yazmışsındır en güzel sözleri. Bir başkasının hisleriyle sevdiğin, bir başkasının sözleriyle kandırdığın insana mesajlarla güzel sözler yollamak... Kolaya kaçmak. Hem de en kolayına. Ben şuna benzetiyorum bu durumu, bazı hocalar vardır, sınavlarda kitaplara bakmak serbest derler. Sınavdan tüm sınıf yüksek alınca hem öğretmen çok güzel ders anlattığını sanır hem de öğrenci seviyesinin yüksek olduğu hissine kapılır. İkisi de kendini kandırır sonuçta. Tuhaf olan ne biliyor musun kardeşim? Mevlana'dan, Şems'ten, adını dahi bilmediğin şairlerin eserlerinden alıntılar yapıp güzel sözler yazdığın, çok doğruymuş gibi şeytanın kucağında yaşadığın dekolte sevdan bittiğinde belalar havada uçuşuyor. Sonra o ona hakkını haram ediyor o da ona. Sosyal medya hesaplarından gizli kapaklı ince ince laf sokmalar, engellemeler, iftiralar. Yeni moda olmuş şimdilerde WhatsApp durumlarından aşk acısı çekenleri anlayabiliyorsunuz artık. Neymiş efendim, "Sana bu evin yolunu ezberleteceğim"ler, "Bitti o şiir mısra gerekmez"ler, "Sen adam olsaydın zaten terk edip gitmezdin beni"ler, "Tak sepeti koluna herkes kendi yoluna"-lar, "Benim kalbime şoför olacakken başkasının kalbine bagaj olacaksın"lar...

Daha niceleri. Yazmaya kalksam kitap olur. Okudukça güleriz. Unutmadan. En çok da neye gülüyorum biliyor musun? "Gidersen ben sensiz yaşayamam" demeleri yok mu? Bir türlü helvalarını yiyemedik onların. Ulan ayrıldınız işte bak hâlâ yaşıyorsun. Sanki seni yaşatan senmişsin gibi. Sonra çıkıp diyorlar ki aşk acısı niye bu kadar ağır, niye bu kadar yakıcı? Başkasının hisleriyle, düşünceleriyle, yazdıklarıyla ezberlediği sözleri unutunca seni sevdiğini de unutur tabii.

Nefsi için sevenin hevesi geçince sevgisi de biter. Yok olur, zerresini bulamazsın. Görmüyor muyuz, görüyoruz işte neleri var çevremizde. Ne çok haram sevdalar var.

Bitiyor sonra. Kimi iki gün sonra bitiyor kimi üç gün sonra. Ama sonunda iki taraf pişman, iki taraf da başkasının oluyor. İşte böyle başlayıp böyle bitiyor sevdalar.

Seviyorum deyip hevesin geçtiğinde akşam pazarında elde kalmasın diye arkana bakmadan üç kuruşa sattığın.

Kalbinle değil nefsinle sevdiğin aşklar.

Daha çok sevda satarsın kardeşim çok... Aldığın ahlar da bu işin tuzu biberi olur. Her neyse kısa keseceğim. Aşk üç harf tek hece olsa da üzerine neler yazılmadı ki zaten. Rabbim, helal bir yalnızlığın içinde helalini beklemeyi nasip etsin herkese. Hem aşka en güzel beklemek yakışır.

Yanlışı sevmeden kirlenen dünyada inadına tertemiz beklemek...

Allah için susup, onun hatırının karşısında boyun eğip o günü beklemek.

Sabret ve helalini bekle. Emin ol beklediğin için asla pişman olmayacaksın.

Sevme diyemem sana, aşksız olmaz zaten. Ama seveceksen de sonsuzu sev. Sevmenin sınırı yoksa, göğüs kafesinin altında taşıdığın kalpte sonsuzu sevmeli ki bir hükmü olsun. Sevdiğin yâri Allah için sev ki, Allah için bekle ki, o beşeri aşk Hakk'a çıkan yola götürsün sizi. Ayrılmış olabilirsiniz. Ama sen yine de kalbinle sevmeye devam et. Bir gün o aşk seni sonsuza götürecek. Eğer Allah için sevdiysen tabii.

Yirmi dört saat ömürleri olan kelebekleri dahi nasipsiz bırakmayan Allah, bu kâinatın baş misafiri olan seni hangi kalbe yerleştireceğini çok iyi bilir elbette.

Sadece biraz daha sabır.

Elbet gelecek beklenen ve değecek beklediğine.

Göreceksin.

Aynı masada birbirinize "Evet" dediğinizde dünyanın en güzel şiirini yazacaksınız. Sizin şiiriniz. Mısralarında siz koşuşturacaksınız.

Adına her ne derseniz deyin işte.

Aşk sonsuzu ister. Bu dünya aşkı yaşamak için çok kısa zaten.

Ömür yetmeyecek mısralarınıza, öyle ki, Allah için seven adamlar ahirette de sevmeye devam edecek sevdiğini.

Aşk, bitmeyen bir şiir...

Alışamadıklarımız

Eski kafalıyım ben. Alışamadım bir türlü şu gelişmekte olan teknolojinin sunduğu hayata. Boğdu beni hep. Çocukluğumda pazar günleri en çok sevdiğim şey annemin sobanın üzerinde kızarttığı ekmeğe salça sürmekti. Yanında da köy tereyağı. Bende kış mevsiminin manası, sobanın üzerinde kızaran kestane anlamına gelirdi. Dışarıda yağan kardan çok sobanın üstünde kızaran kestanenin kavrulurken çıkardığı kokuyu, o lezzeti severdim. Nerede şimdi evin ortasında cayır cayır yanan o sobalar? Üzerine koyduğumuz portalar kabukları?

Minderlerden yaptığımız derme çatma evin altına sığınan çocukluğumuzu yitirdik biz.

Yer sofralarındaki o an bir ailenin en güzel manzarasıdır bence. Gerçeğin ta kendisidir. Aynı yoğurdu kaşıklamak. Aynı ekmeği bölüşmek.

Muhabbetlere açız. Bu yüzyılda yaşayan bizlerin en büyük eksikliği de bu zaten. Pencerelerimiz o kadar kirlenmiş ki, yağan yağmurlar fayda etmiyor artık, temizleyemiyor. Bahçemizde yeşeren çiçeklerden habersiz yaşıyoruz.

Ne yazık ki göremedik biz o günleri. Teknolojiden uzak, asfaltsız, betonsuz bir hayatın olduğu zamanlar. Hayatta en çok arzuladığım şeylerden biri de imsak vakitlerinde ışığı yanan bir ev. Öyle sıcacık. Bırak içi boş olsun. Gözyaşlarıyla ıslattığın dualar doldursun içini, aminler perde olsun pencerelerine.

Dünyanın en zengin insanı Bill Gates'miş. Güldürmeyin beni Allah aşkına. Hayır!

Dünyanın en zengin insanı ümmetin kadınlarıdır.

Ayakları altında cennet yatar.

Susmak Öyle Yakışıyor ki Bize

Bu hep böyle olacak. Birileri sırtımızdan vuracak, biz hep Allah için susacağız.

İnsan bazen yaşadığı şeylerin bir tek kendi başına geldiğini düşünür. Oysa seninle aynı duyguları yaşayan ve başına aynı olayların gelebileceğini tahmin bile edemeyeceğimiz onca kişi bizimle aynı durum içerisinde.

Yorgunluk nedir? Yorulmak. Merdivenlerini birer birer çıktığın apartmanın daha birinci katında soluk soluğa kalmak nasıl anlatılabilir ki? Sırtımıza ağır bir çuval gibi yüklenmiş yorgunluk nasıl izah edilir? Başkalarının ihanetlerini, yarı yolda bırakışlarını, yalanlarını, söz verip de tutmayışlarını... Sırtımızda dilimize meylettiğimiz "Eyvallah"ı taşıyan hamallarız işte. Hayatta karşımıza çıkan herkesten bir iz kalıyor üzerimizde. Elini sıkıp hayatımıza aldığımız herkesin sırtımızda bir imzası var mutlaka. Yeter ki arkanı dönmeyedur. Merhaba ile başlayan bu roman, düştüğünde tekmeyi yemenle son buluyor. İnsanlık bu mudur peki?

Neden hayatımıza aldığımız herkes daha tanışalı bir gün bile olmamasına rağmen sanki hayattaki tek gayeleri buymuşçasına sırtımıza imzalarını atmaya çalışıyor? Neden kimsenin yeşilliklere basmadan karşıdan karşıya geçmeye niyeti yok? Belki de insanlık, bu kadar kötünün içinde hâlâ bozulmadan yaşayabilmektir.

Yazacak öyle çok şey var ki, bazen birikenler yazılamayacak kadar yük olmaya başlıyor. Yazdıkların, yazıp da sildiklerini susmak en büyük erdemdir sözüne olan bağlılığından, boğazında bir düğüm olarak kalıyor. İçimize atıyoruz. Orası da doldu artık. Hüzün güneşinde olgunlaşmış kelimelerden şehirler kurduk içimizin bizli yanına. Sonrası belki de hiç olmadı. Çünkü bazılarının kuracak bir cümleleri bile olmadı hiçbir zaman.

Bazen susarsın. İçinde çoktan dünyanın en uzun cümlesini kurmuşsundur çünkü. Kime açsan, kime anlatsan anlamazlar.

Dile düşse dili yakar.

Susmak ne uzun cümle öyle çocuk, kitaplara dahi sığmaz.

Şimdi bir aşk lazım bize

Bir de aşk

Ve bir daha aşk.

Ya Hu...

Ona, hep en güzele giden yollar lazım. Başka kurtuluşu yok bu dünya durağının. Başka hiçbir aydınlık aydınlatamaz karanlıkları.

Sadece siz yalnız değilsiniz, hepimiz bir yalnızlığı paylaşıyoruz.

Öyle değil miydi ki zaten,

Bir bardak çayla kandırmadık mı yalnızlığımızı...

Diriliş

Uyan Türkiye!
Umudun kalesisin sen.
Aç kapılarını ümmetin çocuklarına.
Filistin'e
Suriye'ye
Afrika'daki açlığa
Mısır'ın Yusuflarına

Dik dur yiğidim.
Anamın gözyaşı.
Babamın mihveri.
Dedemin duası.
Babaannemin ellerindeki kınası.
Kardeşimin son sigarasısın sen.

Yıkılma arkadaşım.
Zulmün düşmanısın sen.
Mehmet'imin namusu.
Misafirperverliğin anavatanı.

Ayağa kalk son nefesim.
Sevdamın kalp atışı.
Damarımda akan kan.
Ekmeğim, suyum, atalarımın emaneti.
Ağabeyim.
Anamın penceresindeki, hiç vazgeçmeyip gözü gibi baktığı o çiçeksin sen.

Kaldır başını çocukluğum.
Ocakta pişen yemeğim.
Anamın sütü kadar helalsin sen.

Dalgalan ey aşk!
Hiç dinmeyen ezanlar gibi
Şehidimin gelinliği gibi şanlı ve şerefli.
Sakın yoruldum deme bana
Daha ümmetin çocuklarını yalın ayaklarıyla çokça büyüte-
ceksin topraklarında.

Alfabenin İlk Harfi Vatandır

Sonra harfler bilirim ben.

O harfler ki "vatan" kelimesinin içindedir.

Hiçbir güç kelimelerin gücünü devirmeye yetmez.

Silah sesleri susturamayacak kelimelerin özgürlüğünü.

Sonra bir Filistinli çocuk çıkacak

Duvarlara Kudüs'ü yazacak.

Arifesinde giyilen bayramlıklar kadar temiz haberlerim var kardeşlerim.

Vakti geldi artık.

Suriye'de

Filistin'de

Savaş uçaklarının yerini kuşlara bırakmasının.

Ebu Bekir Olmak

Bir tane gerçek dostun olsun.

O biri

Tabutunu taşımaları için diğer üç kişiyi bulacaktır zaten.

Ey İçim! Sen de Olmasan

Kalbimiz kirlenmiş bizim. Cam kırıkları var dilimizde. Hangi cümlenin eşiğine girse can yakıyor. Çocuk kahkahaları var içimizde, sokaklarda gülmeyi unutmuş. Şurası o kadar kirlenmiş ki, öylesine kirlenmiş ki içimiz, çocukluğumuzda o en çok sevdiğimiz oyunu bile unutmuşuz. Pas tutmuş iyiliklerimiz. Hasret var içimizde, aşk var.

Sonralar birikmiş içimizde. Ne çok elveda biriktirmişiz. Ne çok terk edilmişiz meğer. Aşk da, yeri geldiğinde gitmek de fazilettir.

Ama bize de yazıklar olsun!

Yanı başımızda mümin kardeşlerimize zulmedilirken başımızı yastığa koyar koymaz uyuyabiliyoruz.

İçimizde koca bir şeyi kaybetmişiz biz.

Sattık belki de birilerine insanlığımızı.

Şimdi bize en çok insaniyet lazım, körelmiş insanlığımıza.

İki Cihan Güneşi

Bizim önderimiz yalnızca Hz. Muhammed'dir.

Dün de oydu.

Bugün de o.

Yarın da yalnızca o, olacak.

Dün de o konuşuldu.

Bugün de o konuşuluyor.

Yarın da yalnızca o konuşulacak.

Avluya Yağan Yağmur

Ulu Cami önü, ikindi öncesi...

Cami avlusunda yere yakın ahşap bir tabureye oturdum, elimdeki kitapları da yanımda bulunan tabureye koyduktan sonra bir koku geldi bana doğru. Beni içeri doğru çeken bir koku. Evet, tanıyordum bu kokuyu. Yağmurdan sonra topraktan kalkan o kokuydu bu. Aşkın kokusuydu. İyiliğin, insanlığın, merhametin kokusuydu.

Hafiften yağmur çiseliyordu ama hava güneşliydi. Bir görseniz insanlar nasıl da kaçıyordu yağmurdan. Cami önünden geçtikleri halde uçurumdan düştü düşecek birine uzatılan bir el gibi olan kurtuluşu ellerinin tersiyle itercesine kaçıyorlardı. Sanki peşlerinde alacaklıları varmışçasına, sundurmanın altına girmeye çalışıyorlardı. Nerede görülmüş ki yağmurun adam öldürdüğü? Ama biz her defasında yağmurdan kaçan adamlar gördüğümüz için, yağmurun bize zarar vereceği işlendi bilinçaltımıza. Öyle öğretildi çünkü. Islanmayan adamlardan dinledik yağmuru. Sevmeyi bilmeyen adamlar oturdu karşımıza, hiç susmadan aşkı anlattılar, sevmeyi. Nefsiyle seven adamlardı hepsi. İmsak vakitlerinde uyumayı tercih eden adamlardı. Daha iyisi çıktı mı karşılarına, arkalarına bakmadan gidecek olanlardı. Onlar kaça dursun, biz de çayımızı yudumladıkça yağmurdan nasibimizi ala duralım. Hakkını verelim bir çay içmenin.

Bazen diyorum ki, iyi ki ölümden kaçmak diye bir şey yok. Yok ama insanlar ölümden kaçtıklarını sanırcasına atıyorlar adımlarını. Öyle yaşıyorlar. Farkında değiller atılan her adımın bizi vuslata götürdüğünün. İyi ki her nefis ölümü tadacak be kardeşim. Öyle bir şey olsaydı eğer, ölümden kaçmak olsaydı, inanın bana insanoğlu onu da bulurdu.

Ah... Üstadım sen ne güzel söylemişsin, "Ölüm ölmüyor, kabir kapısı kapanmıyor," diye.

Hep düşünmüşümdür biz bu yağmuru hak edecek ne yaptık diye? İnsanlar kurtuluş biletlerinin dağıtıldığı bir davete icap etmezken, hatta önlerinden doludizgin geçerken, biz bu rahmeti hak edecek ne yaptık?

Tenimizi okşayan, saçlarımızı ıslatan,

Pencerelerimizden aşağı doğru birbirine karışarak süzülen bu yağmuru hak edecek ne yaptık?

Kapımızın önüne yağan, günah kokan sokakları temizleyen, bize sevdiğimizi hatırlatan bu yağmuru hak edecek ne yaptık?

Eğer bir gün yağmura şahit olursanız anlayacaksınız ki, âşık olan yalnızca Allah'mış. Sen ne kadar Vedut'sun Ya Hu...

Keşke şu an şurada benimle otursanız da görseniz insanların yüzlerini. Öyle insanlar geçiyor ki, çoğunun yüzü dünya olmuş. "Allah var" diyen ama yokmuş gibi yaşayan insan seli geçiyor tarihe gömülen koca koca atlar gibi gözlerimin önünden.

Seviyormuş gibi yapanlar,

Gitmeyecekmiş gibi ümit verenler,

Tutacakmış gibi söz verenler,

Göründüğü gibi olmayanlar,

İyi biriymiş gibi davrananlar,

Yapmacık insanlarla dolu etraf...

Yüzlerde menfaat maskesi. Bulunduğum ortamda gerçek olan tek şey, bir yağan yağmur, bir de yağmurun altında koşuşturan çocukların yağmur damlalarıyla dans eden kahkahaları.

Yağmur başlamadan önce birilerinin ayrılığına şahit oldum. Bağrışmaları üzerine delikanlı bana dönüp, "Görüyorsun değil mi nelerle uğraşıyoruz," dedi, beş dakika öncesine kadar ağzı haram sevdasıyla buluşacağı için kulaklarında olan ama şimdi mahkeme duvarını andıran yüzüyle. Üstadın sözü geldi aklıma, "Gayri meşru bir muhabbetin neticesi, merhametsizce azap çekmektir," diyerek cevap verdim. Boş ver yenisini bulursun, sana kız mı yok dememi bekliyor olacak ki, "Teselli edersin sandım ama sen de iyice yaramıza tuz bastın abi," dedi gitgide beyazlaşmış yüzüne yansıyan o buruk ses tonuyla.

"Haramda huzur ararsan huzur sana haram olur diye bir söz vardır bilir misin?"

"Evet, duymuştum o sözü. Sen de şahit oldun işte bütün olup bitene peki ya o huzur nerede?"

"Şu kapıyı görüyor musun?"

"Evet."

"O kapının ardında işte. Biraz sonra ezan okunacak, seni gerçekten karşılıksız bekleyenle bir buluş derim. Bence aradığın o kapının ardında. Aşksa aşk, huzursa huzur, neyi arıyorsan, orada aradıklarının Okyanus'u var."

Ayrılma sebepleri ise çocuğun kız arkadaşını bekletmesiymiş. On dakika geç kaldı diye kız arkadaşının trip atmasıyla başlayan olay ayrılıkla sonuçlandı. Şimdilerde bu kadar kısa sürüyor ayrılıklar. Oysa televizyonlarda verilen reklam araları bile daha uzun sürüyor artık sevdalardan. Öylelerini duydum ki başlamadan biten. Mutlaka siz de şahit olmuşsunuzdur böylelerine benim gibi.

Yanı başında hakiki, baki bir sevgilisi, onu huzuruna çağıran bir zat varken, onu karşılıksız, sonsuz seven Allah varken haram bir sevdanın peşinden koşturan şey nedir diye düşünmeye başladım yaşadığım bu olaydan sonra. Sonra yağmur başladı zaten, sanki ağlayan yanıma eşlik edercesine.

Bir insan seli geçiyor gözlerimin önünden. Attıkları adımlar o kadar ruhsuz ki, bastıkları yere ben de basarsam yok olacakmışım gibi, kendimi kaybedecekmişim gibi hissediyorum. Baba, bu insanlar neden böyle yürüyor? Bu insanları bu hale kim getirdi baba?

Alkışlıyorum seni dünya, başardın! Herkesle nişanlandın ama evlenmedin yine.

O insanlar nerede? Yüzüne hüznün dahi yakıştığı, sevdiğinde namaza niyet eder gibi sağa sola bakmadan seven insanlar nerede? Allah için sevenler insanlar, o rızaya layık olmaya çalışan insanlar, haramdan korkup uzaktan seven insanlar nerede?

O insanlar nerede hanım kardeşim? İhtiyacımız var onlara. O kapının eşiğinde yatmaya öylesine ihtiyacımız var ki. Kalu Bela'da verdiğimiz o sözü tutmaya öylesine ihtiyacımız var ki... Şimdi şurada oturunca daha da iyi anladım. Gerçekten de o güzel insanlar, o güzel atlara binip çekip gitmişler.

Baba. Bu avlu beni buraya getirdiğin ilk günkü gibi değil artık. Vuslata değil de ayrılıklara şahit oluyor.

Haydi bismillah. Ezan okunuyor. Islanma vakti.

Umut Hep Var

Gitsem diyor ya insan bazen

Bazen olur ya öyle aniden.

Bir varmış

Bir yokmuş gibi.

Usul usul... Sessiz ve sakince.

Bitti dediğin yerde yeniden başlar bazen. Sen yeter ki Allah de. Sen yeter ki o kapının ardında rüzgârlara rağmen durmasını bil. Hem unutma, rüzgârları dindiren yağmurlardır. Sıran geldiğinde sen de ıslanacaksın. İnsan sevdiğine küsermiş ya hani, Allah da sevdiği kulunun rüzgârlarını sert estirirmiş.

Hiçbir şey için imkânsız deme, bilemezsiniz. Çok istersen uçarsın bile. Kalbinde kanatları var. Dünyayı sırtınızdan indirdiğinizde anlayacaksınız beni. Uçmanın sadece kuşlara özgü bir durum olduğunu hiçbir zaman düşünmedim ben. İnsanlara da özgü bir durum aslında. Biz, sadece dünyayı sırtımızdan indirmesini bilmiyoruz. Nasip şaşmaz. Ne bir saniye önce ne bir saniye sonra. Senin olan senden başkasının kapısına bırakılmaz.

Bizde yok diye bir şey yoktur. Bizim olmazları oldurtan Allah'ımız var.

Biraz daha sabır.

Geçecek geçmez dediğimiz ne varsa

Gelecek gelmez dediğimiz kim varsa.

Allah'ım dünya onların olsun.

Bana sen lazımsın.

Sıraya Kazınan Aşk

Ama en çok da aşk kazınıyordu o tozlu okul sıralarına.

Ve ben ilk kez annemin adını kazımıştım. Ayaklarının altına cennet serili olan o kadını.

Yanımda oturan sıra arkadaşımın beni şikâyet etmesiyle okul hayatımın ilk tokadını yemiştim. Sırf o yüzden. Annemin adını oturduğum sıraya kazıdığım için. O zaman anlamıştım aşkın yakıcı olduğunu. Aşk için yediğimiz ilk tokattı o. Daha okumayı sökememişken, beyaz yakalı mavi önlüğün içinde koca bir adam gibi ulu orta kazımıştım işte. Okumayı bilmiyordum ama yazmayı biliyordum o zamanlar.

Aşk, kendi adını yazmayı öğrenmeden önce annenin adını yazmayı öğrenebilmektir. Cennetin yeryüzünde vücut bulmuş halini göğsünü gere gere, inatla o okul sıralarına kazımaktır. Hem de herkesin içinde tokat atan hocalara inatla, oturduğun her sıraya karalamaktır.

Yediğimiz tokat yetmezmiş gibi aynı gün ceza olarak, "Bir daha sıralara yazı yazmayacağım" diye ceza almıştım. Beş sayfa yazacaktım hepsinden. Akşam eve gider gitmez ilk yaptığım iş her sayfaya okul sırası çizip üstüne yeniden annemin adını yazmak olmuştu. Ertesi gün hocam verdiği cezayı yapıp yapmadığımı kontrol etmek için yanıma geldiğinde, gördükleri karşısında yüzü kızarıyordu. Utanmıştı. Defteri alıp buruşturdu ve sonra bir tokat daha tabii, dalga mı geçiyorsun oğlum sen dercesine.

Ah be hocam! Anlamadınız ki, biz aşkı için direnen adamlardık.

Tebrikler hocam, attığınız o tokat sırtımda taşıdığım çantadan büyüktü ama sıraya kazıdığım, küçücük kalbime sığmayan aşk daha büyüktü. Bilmem hatırlar mısınız? Bir gün yazar olup attığınız bu tokadı kâğıtlara yazacağım demiştim size. Siz de alaycı bir tavırla gülmüştünüz bana. Tebrikler hocam, o tokat yıllar sonra kâğıtlara geçti. Yeri hâlâ acıyor be hocam. Sevda celladı olarak kaldınız hatıralarımda.

İlk yazmayı annem öğretmişti bana. Okula başlamadan önce, altı yaşımda, tarihi geçmiş o koca koca yazılan gazete manşetlerine bakarak yazmaya çalışırdım mahallenin bakkalından aldığımız deftere. Yazmayı öğrenince de oturduğum sıraya annemin adını kazımıştım işte. İlk öğretmenimi. Hâlâ öylesin be anne, sen emekliliği gelmeyecek olan öğretmenimsin benim.

İmza.

Dudaklarından süzülen her sözü kalp defterine kazıyan oğlun.

Anne.

Ayaklarının altındaki cennetten öpüyorum seni.

İçimiz

Kime uçmak istediğimizi söylediysek hepsi düşürmeye çalıştı. Hepimiz masumca sevgi doluyduk küçükken. Çıkar beklemek nedir bilmeden karşılıksız seven çocuklardık. Şimdi bize ne oldu da sevmeyi unutmuş insanlarla doldu dünya? Bize yağmurdan kaçmayı kim öğretti? Neden herkesin elinde bir hançer var sırtımızdan vurmak için? O en sevdiğimiz insanlar neden sırtımızdan vurup da gider? Neden hiç ummadığımız insanlar saplar sırtımıza hançeri? Onu kim verdi bu insanların eline? Baba! Bu dünyayı böylesine menfaat tarlasına kim çevirdi? Bu demir parmaklıklar kimin icadı? Bu dört duvarın tuğlalarını kimler ördü böyle? Görüş saatleri neden bu kadar kısa, kimin kararı bu? Biriniz göstersin bana.

İyi niyetinden vurulan insanların yaraları kabuk bağlamaz. Biz hep iyi oldukça, her defasında iyi niyetimizden vurdular bizi. Sustuk. İçimize attık. Evet, biliyorum orası da doldu. Ağzına kadar doldu belki de. Ama biz çok iyi biliyoruz ki kalp kırıklığının sesini duyan bir rabbimiz var. Kalp kırıklığının çıkardığı sesi duysak belki kulaklarımız sağır olacak. Belki ondandır duyamayışımız. Rabbimizin bizi her şeyden çok sevdiğindendir.

İçimiz bayım, içimiz. Yıkık kentler diyarı. Sokakları harabe olmuş bir şehir gibi yardıma muhtaç.

İçimiz bayım.

Filistin'den

Suriye'den farksız. Bombalar yağıyor umutlarımıza.

İçimiz bayım.

Bir savaşın ortasında annesini, babasını kaybetmiş bir çocuk kadar yetim.

İçimiz bayım.

Oğlunu bu topraklara şehit vermiş bir babanın gözleri gibi ağlamaklı.

İçimiz bayım.

Şehit olmuş babasının tabutunu arkadaşına göstererek, "Bak bu benim babam," diyen çocuk kadar çaresiz.

İçimiz bayım.

Boğazı düğümlü bir âşığın özlemi kadar yakıcı, yürüdüğü yollar gibi yalnız, baktığı dağlar kadar yamaçlı, geçirdiği kışlar kadar sert, döktüğü gözyaşı kadar kor.

İçimiz bayım. İçimiz çığlık çığlığa bizim.

İçimizdeki o çocuğu öldürdüler bizim.

Şimdi bütün bunlara rağmen bana yardım edin. Birlikte aşkın tarifini yazalım duvarlara. İnsanlığın buna ihtiyacı var. İnsanlığın Allah'ı tanımaya ihtiyacı var. Unutmuşlar çünkü! Tutalım şu insanlığın elinden, Allah'ı anlatalım onlara, aşkı tatsınlar. Bahar gelsin körelmiş sol yanlarına. Okyanusların en güzelini anlatalım onlara. Bırakalım boğulacaklarsa da orada boğulsunlar.

Çocuk Kahkahalarına Aç Olan Sokaklar

Kaldırımlara yazılan en güzel şiir, çocuk sesleridir. Öyle masum ve bir o kadar da gerçek.

Eğer bir gün kaldırımlar arasında yeşeren bir çiçek görürseniz koparmayın onu sakın. Çünkü orada bir çocuk çocukluğunu bırakmıştır. Gülüşü değmiştir oraya. Gözyaşı düşmüştür ya da. Çocukluk aşkını fısıldamıştır oraya. Uçsuz bucaksız bir hayal kurmuştur orada bir gün gerçek olmasını istediği. Ya da belki de bir çocuk bir gün orada güneş tam da tepedeyken dizlerini kanatmıştır.

Bırakın elinizdeki her şeyi şimdi. Bir sokağın sesine verin kendinizi bir anlığına. Göreceksiniz, yüreğinizin duldasına bahar gelecek. Bir çocuğun kahkahası değecek yüreğinize. En masum haliyle "Anne" diye seslenişi. Sokak sesleri dünyanın müziğidir. Sokaklar aslında öğretmendir. Paylaşmayı, ağlamayı, gülmeyi, mutluluğu, yardımlaşmayı, dostluğu... Hep orada öğrenirsin.

Sokaklar dünyanın en güzel parkıdır inanın. Oynanan oyunların hepsi gerçek. Sahici. Anne kucağı kadar şefkatli.

Sokaklar bayım, sokaklar. Çocuk kahkahalarına, akşam ezanlarının okunmasıyla birlikte evlerine koşuşturan çocukların ayak seslerine muhtaç şimdilerde. Yağmurun altında ıslanmadan büyüyen, paçalarına toz dahi değmemiş, düşüp de dizlerini dahi kanatmamış bir nesil yetişiyor şimdilerde. Sokaklardan mahrum bırakılmış, göğü delmeye azmetmiş apartman koridorlarında çocukluğuna müebbet yedirilmiş bir nesil büyüyor.

Bu çocuktan ileride çocukluğunu anlatmasını bekleyemezsiniz. Bu çocuktan ileride birini gerçekten sevmesini bekleyemezsiniz. Sokakların tozunu yutmayan hiçbir zaman çocuk olmamıştır.

Küçük Prens'in de dediği gibi, "Sorun büyümek değil, büyürken unuttuklarımız".

En Büyük Arzum

Ve bilir misiniz,

Sadece Allah'ı anlatan bir dil olmayı ne çok isterdim.

Mavera

Şehirden uzak bir yerlerde, geceleri vızıldayan ağustos böcekleri eşliğinde gökyüzünün daha güzel göründüğüne inanıyorum. Belki de böyle düşünen bir tek benimdir. Daha o koca koca insanların yanıma gelip, "Sen artık büyüdün, okula başlaman lazım," demelerinden önceydi. Altı yaşımdaydım. Köyde üç göz odalı ufak bir evimiz vardı. Bir de yeşil renkli tahta kapısı. Yeşil bereketti çünkü. Sonra yıktık onu, o koca koca insanlar kendileri gibi betondan kocaman bir ev yaptılar. Öyle çok anılarım vardı ki o kendim gibi küçük, yeşil tahta kapılı evimizde. Belki de kendim gibi küçük olduğu için çok seviyordum onu. Belki de o yüzden, yıkılınca çocukluğum da yıkılır gibi oldu.

Çocuktum o zamanlar, daha boynundan büyük çantasını sırtlanmamış bir çocuk. Gökyüzünde öylece asılı duran, ışıl ışıl parlayan yıldızları izlemek en sevdiğim şeylerden biriydi. Bir keresinde halamla öyle çok bakmıştık ki, boynumuz tutulmuştu. Bir defa da beni bir gece yalnız başıma yıldızlara bakarken görünce dayanamayıp, "Senin yıldızın hangisi?" diye sorduğunda, "Benim yıldızım yok ki," demiştim gözlerim yıldızlarda takılı kalmış buruk bir ses tonuyla.

"Nasıl yok, insanın yıldızı olmaz mı hiç? Hayalin de mi yok senin?" O ince parmaklı elleriyle, "Bak benimkine, orada," diyerek sanki geceyi başlı başına aydınlatan o yıldızmış gibi diğerlerinden daha da çok parlayan yıldızı işaret etmişti. Şaşırmıştım. Diğerlerinden çok daha güzeldi çünkü.

"Senin yıldızın niye o kadar parlıyor hala? Niye diğerlerinden o kadar büyük?"

Ardı arkası kesilmeyen, aklıma takılan soruları yöneltiyordum halama.

"Dur bir soluklan önce yahu. Soru yağmuruna tuttun beni. Hem benim yıldızım değil o, ikimizin yıldızı artık."

"İkimizin mi?"

"Evet, yanlış duymadın işte ikimizin."

O kadar sevinmiştim ki, kabıma sığmıyordum adeta. Sevincin verdiği heyecanla soru yağmuruna devam ettim.

"Adı ne hala? Bir adı var mı?"

"Sorduğun soruya bak Fatih, olmaz olur mu hiç? Ben de oturdum yanına ne zaman soracaksın diye bekliyorum. Onun adı Mavera."

"Mavera mı çok güzelmiş. O ne demek hala?"

"Mavera, görünen âlemin ötesi demek. Bu yıldızların ardında başka bir dünya var Fatih. Ahiret... Allah'a iman edenlerin sonsuza kadar yaşayacağı yer."

Mavera kimileri için görülen âlemin ötesiydi.

Kimileri içinse halasından emanet bir yıldızın adı.

Baktıkça kırmızıya boyanan,

Baktıkça sevdiğine boyanan bir yıldız.

Bütün gece gökyüzüne bakıp uzun uzun konuşmuştuk onunla. Öyle şeyler öğretmişti ki bana... Öğretti, öğretti ve gitti. En çok da gidişi öğretti ya zaten her şeyi. Âşık olduğunuz kadının gitmesi öyle koyuyor ki insana. O küçük kalbinizi çıkarıp dağa taşa koysanız kaldırmazdı da şu bedenimiz taşıyor işte. O sohbetimizden aklımda kalansa, "İnsanlar hayal ettiği müddetçe yaşar," sözüydü.

Hayal kurmanın dersi olsa ömrü boyunca o dersten sınıfta kalacak insanlar tanıyorum. Hayatları menfaat üzerine kurulu insanlar. Sevgileri, dostlukları, her şeyleri, ama her şeyleri sahte onların. Aldıkları nefes bile.

Sonra büyüdük tabii. Ne çok şey unuttuk büyürken. Yirmisinde kaybedince halamı, geceleri gökyüzüne bakmayı bıraktım. Onsuz tadı tuzu yok. Sadece onsuz değil. Anladım ki sevdiğin insan yanında olmayınca onunla yaptığın bir şeyi onsuz yapmaya kalktığında hiçbir anlamı olmuyor. Boşa kürek çekiyormuşsun gibi. Yapmaya kalksan da sonu hep aynı be kardeşim. Cana bata bata gözyaşın sular geceleri.

Biz vuslata dair ne varsa bütün kavuşmalarımızı ahirete saklamış insanlarız. Biz Allah'a emanet ettik sevdiklerimizi. Emanetleri emin olana. O yüzden gözümüz hiçbir zaman arkada kalmadı zaten.

Özlemek ve sevmek bu dünyanın işi değil. Sonsuz olan duygular sonsuz bir hayatı ister çünkü.

Dev Olmak

Sanki çok dört dörtlükmüşüz gibi, kendi kusurlarımıza bakmayı bırakıp başkalarının kusurlarına bakmaya başladık.

Yalandan da olsa, herkese "İyiyim," diyoruz çünkü karşımızdaki insanın halimizi hatırımızı yalandan sorduğunu biliyoruz. Geçenlerde bir yerde okudum, "Nasılsın?" sorusuna verilen "İyiyim," cevabı dünyada söylenen en büyük yalanmış.

Hiç şaşırmadım!

Biri de çıkıp, "Paramparçayım," demiyor ki, "Paramparçayım! Saç uçlarıma kadar kırıldım".

Dünya sinmiş üstümüze, kokusu çıkmıyor artık. Ne zaman düzeleceğiz biliyor musun? Yemek fotoğraflarımızı paylaşmak yerine yediklerimizi paylaşmayı öğrendiğimiz zaman. Akşam ana haber bültenlerinde Suriyeli, Filistinli mazlumların yakarışlarını duyduğumuzda, kalbimizde bir üzüntü hissettiğimizde, kuş sütünün eksik olduğu o soframızdan karnımız doymadan kalkmayı öğrendiğimiz zaman düzeleceğiz işte. Ne zaman düzeleceğiz biliyor musun? Bir futbol takımı gol attığında "Gooolll" diye bağırırken çıkardığımız sesi bu ümmet zulme uğradığında da çıkarabildiğimizde düzeleceğiz işte. Evindeki son hurmayı komşusuyla paylaşan efendimiz (sav) gibi biz de evimizdeki son ekmeği komşumuzla paylaşmayı öğrendiğimizde, onun gibi ezilenin elinden tuttuğumuzda, yetimin yüzünü güldürdüğümüzde, zulme karşı en ön sırada saf tuttuğumuzda, başkasının günahına ağladığımızda... değişeceğiz işte.

Biz, asıl Resulullah gibi olmaya çalıştığımızda insan olduğumuzu anlayacağız. Gösterişten, insanlığımızı körelten davranışlarımızdan vazgeçtiğimiz zaman değişeceğiz.

Ve bir gün yeşilliklere uzanıp gökyüzüne baktığınızda, aklınız kuşlara takılıp gittiğinde, yağmur yaralı yanlarınız bahara çoktan göçmüş olacak. İyileşeceksiniz! Zamanla değil, zamanın sahibine sığındığınız zaman.

Biz Müslümanız kardeşim,

Biz ümmetin ta kendisiyiz!

Biz Türk'üz,

Biz koca bir deviz.

Ve bilirsiniz, devlerin yükü ağır olur.

Hira Mağarasının Çocukları

Varsın üç kuruşa muhtaç olalım.
Bizler İslam'ın çocuklarıyız.
Allah deriz
Ceplerimiz umutla dolar.

Büyümek de Büyür mü?

Biz ne zaman büyüdük biliyor musun?

Tozlu sıralarda kirlettiğimiz beyaz yakalı mavi önlüklerimizin yerine,

Bir takım elbisenin içinde kravatlarımızı sıkmak için uyandığımız o gün.

Konuşmamız istenmedi bizden.

Her gün biraz daha sıktık kravatlarımızı.

Balığa uçmayı,

Kuşlara da yüzmeyi öğretmeye çalıştılar.

"Büyüyünce ne olacaksın?" sorusuna verdiğimiz cevap her şeyden gerçekti ama bize o soruyu soranlar samimi değillerdi. Çocukken en büyük hayalim yazar olmaktı. Şimdi de öyle. Hiçbir zaman olamayacağım aslında. Ama eğer yazar olmanın okulu olsaydı, dünyadaki bütün okulları bitirirdim. Nokta.

Bir Gün Gideceğiz Buralardan

Bir gün gideceğiz buralardan kardeşim.
Ölüm almaya gelecek bizi.
Tarlasına gül ekenlerin payına o gülün kokusunu ciğerlerine çekmek,
Tarlasını boş bırakanların payınaysa o gülün dikenlerinin batışı düşecek.

Bir gün gideceğiz buralardan kardeşim.
Gelirken bir şey getiremediğimiz gibi,
Giderken de hiçbir şey götüremeden gideceğiz hem de.
Sevdiklerimiz, o en çok sevdiklerimiz
Ben sensiz yaşayamam dediklerimiz
Seninle ölüme bile gelirim dediklerimiz
Gözümüzü kırpmadan güvendiğimiz o insanlar kabir kapısına kadar eşlik edecek bize.

Bir gün gideceğiz buralardan hanım kardeşim.
Kafamızda binbir türlü soruyla.
Gerçekleştiremediğimiz o hayallerimizle,
Sevdiğimize kavuşamadan gömecekler bizi.

Bir gün gideceğiz buralardan.
Belki de o gün, bugün.

Seviyor'muş' gibi

Kime sorsam çok seviyor zaten. Öyle bir anlatıyorlar ki aşklarını, kendi sevginizden şüphe duymaya başlıyorsunuz. Çok âşık var memlekette. Âşık dememek lazım aslında. Seviyormuş gibi yapanlarla dolu etraf. "Mış" gibi diyorum, öyle çünkü. Rüzgâr esmeye başladıktan sonra ilk yaprak yere düşene kadar sürüyor sevdaları. Bilmiyorum etrafta Allah için seven adamlar kaldı mı? Eğer kaldıysa da parmakla gösterilecek kadar azdır belki de. Ama ben inanıyorum, Allah için seven insanlar bir yerlerde harama bulaşmadan öyle uzaktan severek sevdiklerini bekliyorlar.

Yalandan sevmeler meşhur şimdilerde. O kadar çok haram sevdalar var ki etrafta. Sokak başları, şehir bankları hep onlarla dolu. Her yer, ama her yer... Uzaktan sevmeler ömrünü yitirmiş gibi. Aşk göç etmiş bu topraklardan. Elini eteğini çekmiş. Görmeden, dokunmadan sevenler yok denilecek kadar az. Göz görmeyince kalp unutur sözü aşktan nasibini almamış insanların sığınağıdır. Kurdukları bir düzmece.

Uzaktan sevmeler lazım bize çünkü uzaktan sevenler samimi severler.

Uzaktan seven adamlar tanıyorum, döktükleri gözyaşı bile şiirdir onların.

Âşıklar şehri Paris diyen adamı görseydim, ensesinden tutup ona Medine'yi gösterirdim.

Cevabının Ne Olduğunu Biliyor musun?

Dünyaya düştüğünde, vakti geldiğinde eriyip giden kar taneleri gibiyiz. Bir gün bizde onlar gibi eriyip gideceğiz buralardan. Evet, herkesle nişanlanan dünya bizimle de evlenmeyecek. O yüzden dünya bizi terk etmeden, biz dünyayı terk etmeliyiz.

Yedi yaşından on yedi yaşına kadar sınavlarla dolu bir hayatın içinde asıl sınavı nerede vereceğimizi unutturdular bize. Yani sorun şu kardeşim, öbür tarafta kopya çekmek diye bir şey yok.

Yan sıradaki arkadaşına kaş göz yaparak,

Yanında oturan çocuğun sınav kâğıdına göz ucuyla bakmaya çalışarak,

Önünde oturan sınıfın en zeki çocuğunun sırtını çekiştirerek kopya çekmeye çalışmak yok orada.

Sorunun cevabına bu dünyada hiç gitmediysek eğer, nasıl bir Allah'a iman ettiğimizi başımızı o televizyon dizilerinden kaldırıp araştırıp da bakmadıysak...

Nereden geldik?

Nereye gidiyoruz?

Biz kimiz?

Hayalimizdeki arabanın peşinden koştuğumuz kadar bu soruların peşinden koşmadıysak...

"Oku" olan ilk ayeti diploma al diye anladıysak çok yanlış yerdeyiz.

Bu gece başını yastığa koyduğunda bir sor kendine. Alıştırmalıyız her uykuya dalışımızda kendimize bu soruyu sormayı. Yağmurun toprağa düşüşüne bak. Bir gün biz de öyle karışacağız işte toprağa. Çünkü bir gün gerçekten uyuduğumuzda, bize laf olsun diye değil, gerçekten de bu soruyu soracaklar;

"Men Rabbüke?"

Peki gerçekten de cevabını biliyor muyuz?

Eylül

Zaman, şu aceleci zaman...

Hani sevdiklerinden uzaktayken duvarda asılı, pilleri bitik bir saat gibi donup kalan, geçmek bilmeyen şu zaman. Sevdiğinin yanında iken yetmeyen, bir kelebeğin ömrü kadar göz açıp kapayıncaya kadar geçen şu zaman.

Eylül, sen hiç bitme olur mu? Takvimlerden hiç eksilme mesela. Bırakma beni. Sen de gitme. Çok güzelsin eylül. Hani bozuk saat günde iki kez doğruyu gösterir ya, sen de bozuk senenin doğru zamanısın işte. Bütün aylar sende toplanmış gibi. Sen tasını tarağını toplayıp düşünce takvimlere, "aşk" geldi derim. Aşkın takvimlere düşmüş halisin sen. Bayramları değil de eylülü dört gözle beklerim ben hep.

Eylül geldiğinde aşk düşer bu topraklara.

Eylül geldiğinde damla damla aşk yağar yalnızlığımıza.

Eylül geldiğinde hüzün kokar bu sokaklar.

Eylül geldiğinde sevdiğin olur yaşadığın şehir.

Seveceksen eğer, eylülde seveceksin mesela ama helal bir sevda olacak aşkın. Aşklar da, ayrılıklar da bir tek onda güzel çünkü. Evet, ayrılıklar da. Ki o ayrılıklar Hakk'a götürür insanı. Eylülün rüzgârına kapıldıysan bir kere, tutar elinden, aşkın kapısına bırakır adamı. Ona, kokunun sahibine, sevdiğine, hep en güzele. Sevdiğin kokar eylül. Vuslatın ta kendisidir. Eylül başkadır be kardeşim. Diğerleri gibi değildir mesela. Hiç gitmez o. Hep seninledir. İçerdedir.

Eylül gibi, bir kez düştüğünde takvimlere, aşkta da bir kere düşeceksin o sevda yoluna. Yapraklarını döksen de, eylüle küsmeyeceksin çünkü eylüle küsmek, aşka küsmektir.

En güzel eylülde yağar yağmur. Ve en güzel eylülde aşk kokar bu sokaklar.

Eylül.

Aşk koymalıydılar senin adını.

30 Aşk 2016

Ulu Cami önü

Yatsı sonrası...

Sesleniş 2

Unutmayın!

Bizler,

Kadınların diri diri toprağa gömüldüğü bir dönemde

Kızını omuzlarına alıp Mekke sokaklarında dolaşan bir peygamberin ümmetiyiz.

Yüreğimizin Yükü

Ahh! Şu ahlarımızı dağa taşa yüklesek kaldırmazdı da yüreğimiz, sırtlandı işte. İçinde kitaplar yazarken öyle bir an geliyor ki, hepsini bir susmaya sığdırıyorsun. Öyle kocaman susuyorsun ki, ömrünün cümleleri tek bir kelimenin içinde hapsoluyor. İnsanlar böyledir işte. Sen kalp kırmaktan korkarsın, onlar seni sustu sanır. Bizim gibiler kalp kırmaktansa kırılmayı tercih eder zaten. Olsun kardeşim, susmak öyle güzel yakışıyor ki bize... Ne kadar dert gelirse gelsin, ne kadar yarı yolda bırakılırsak bırakılalım, ne kadar iyi niyetimizden vurursalar vursunlar. Evet, zor biliyorum. Ama yalnız değiliz, Allah var.

Size de oluyor mu?

Okuduğum kitaplarda altını çizdiğim cümlelerden bir dünya inşa etmek istiyorum. Bir çocuğun canı yandığında, bir anne gözyaşı döktüğünde, bir babayı dört duvar arasına hapsettiklerinde bütün insanlığın canının yanacağı bir dünya. Girişinde kötüler giremez yazan bir dünya. Sevmeyi bilmeyenlerin, sevda cellatlarının, Allah'tan bi' haber yaşayan hiçbir insanın nefes dahi alamayacağı bir dünya.

Okuduğun romanda hoşuna giden bir karakter olmayı istemek de mi yasak?

Mavi gözlü bir martıya âşık olmak da mı suç?

Hiç gelmeyecek birini umutla beklemek neden garip gelir ki insanlara?

Sevmek size ne yaptı da bu kadar ayaklar altına alınacak kadar düşürdünüz onu?

Yürüyorum. Bir köy meydanı kalabalığı içinde. Hava yağmurlu. Beynimin içinde koca bir şehir gürültüsü. İçimde kavga ettiklerim var. İçerde yenildiklerim. Bir şehir harabesi bu yalnızlık dedikleri şey. Gecenin bir yarısında duvara yansıyan gölgesine bile sarılası geliyor insanın. Evet, bu şehir, bir şehir harabesi daha kazandı bugün.

"Eski sevgiliyi unutmak" adı altında videoların hazırlandığı bir dünyada çoğu insanın sadece boş zamanlarını doldurmak için seviyormuş gibi yaptıklarına inanıyorum. Gerçi bunun halk arasında "gönül eğlendirmek" diye bir adı da var.

Ey aşk! Affet bizi. Körpe ellerle nakış nakış mendillere işlenirken, sokak köşelerinde gönül eğlendirmek için kullanılır oldun.

Ey sevda! Değmeyecek insanlarda harcadılar seni.

Aşk! Hadi aşk. Git buralardan. İnsanoğlu insan olmayı unuttu çünkü.

Tam da Olmak İstediğim Yerdeyim

Hüzünlü bir eylül gününün verdiği duyguyla şu an da bulunduğum yeri anlatmak istiyorum size. O tahta tabureler, toprağa değil de zamana kök salmış şu tarihi çınarlar, her yanıyla maneviyat kokan şu tarihi sütunlar, köşedeki simitçi anne, elinde çay tepsisiyle dönüp duran şu çocuk, rüzgârın elinden tuttuğu sonbaharın habercisi sararmış yapraklar, şekersiz içtiğim çayın şekerlerini paylaştığım karıncalar ve işte bizim yakışıklı. Yağmurun hiç dinmediği bir yer burası. Bir de Allah'ı sevmeyen, elini kolunu sallayarak geçen insanlar var tabii. Sevdiğinden bir kısa mesaj gelse yanına koşa koşa gideceği ama en sevgilinin huzuruna aylarca, belki de bir ömür uğramamış insanlar.

Fotoğrafların siyah beyaz olduğu dönemde hayat daha renkliymiş. Öyle anlatır eskiler. Anlatırken de dalıp gider hep o gözleri. Yani anlayacağın, güzel olan her şey eskide kalmış. Belki de ondandır eskinin yüreğimize dokunan yanı. Renkli olduğundan, her ne olursa olsun hiçbir zaman eskimeyeceğinden.

Hayat ne garip değil mi? Kapıdan çıkıp ayakkabılarımızın bağcıklarını bağladığımızda biraz sonra karşımıza neler çıkacağını bilmiyoruz. Aldığımız nefesten attığımız adıma kadar her şey nasip. Kim derdi namaz kılmak için geldiğim şu kubbelerin altına, namazdan sonra sırtımı duvara dayayıp bu satırları karalayacağımı. Herkes nasibi kadarını yaşıyor. Ne bir iğne ucu kadar fazla, ne de bir iğne ucu kadar eksik. Telefon kulaklıklarının dahi birbirine karıştığı şu dünyada terazinin sahibi öyle kudretli, öylesine adaletli ki, kimsenin payı kimseye geçmiyor. Elhamdülillah.

İlkokul dönemlerinde başlıkları kırmızı kalemle, büyük harflerle yazdırırlardı bize. Şimdi de öyle mi bilmiyorum. Yoksa siz de benim gibi kırmızı kalemini her defasında sıra arkadaşından isteyenlerden misiniz? Bilemedik o renkli günlerin eskide kalacağını. Aslında ne kadar eskide kalırsa kalsın, hiçbir zaman eskimeyecek olan anılar hepsi. Ama eğer bilseydik, büyük harflerle değil de kazıyarak yazardık belki de.

Burada namazdan sonra Yusuf adında bir amcayla tanıştım. Cemaatin boşalmasını beklemek istiyordum. Orta bölümde bulunan havuzun su sesini dinlemek üzere insanların Kuran okumak için oturduğu bölüme gidip oturdum. Birkaç dakika sonrada Yusuf amca geldi zaten. Oturup muhabbet ettik biraz. Konuşmamız esnasında durdu durdu, gözlerimin içine baktıktan sonra boğazındaki düğüm onu yoklayınca ceketinin iç cebinden bir mektup çıkardı. Onca sene geçmesine rağmen yıpranmamış bir mektup. Elli sene öncesine ait. Belki de daha fazla. Cami boşalmış. Ben, Yusuf amca, bir de sevdası vardı içerde. Unutamadığı, gelmeyeceğini bile bile bir umutla bir ömür beklediği, saçının telini dahi görmediği sevdiği.

O yağmurda öylesine ıslanmış ki Yusuf amca, bir daha da hiç kurumamış zaten. Ömrü boyunca aşkı için yaş akıttığı o gözlerle başını kaldırıp başkalarına bakmayı aklının ucundan bile geçirmemiş bir adamın sevdası bu. Gelmeyeceğini bile bile bir umutla aşkı için bekleyen bir adama, "Nasıl bu kadar sevdin be amca," diyemedim. Aşk sokak köşelerinde yalan yanlış harcanırken öylesine utandım ki. Ateşi, içinde yanarak anlatan bir adam duruyordu karşımda. Hani biri çıkıp, "Aşkı yaz," dese kitaplar dolusu anlatacak bir âşık vardı karşımda. Yunus gibi, kendi aşk ateşinin odunlarını kendi toplayan bir adam. Yıllarca bir duanın içinde, sevdiğini en sevgiliye emanet etmiş biri.

"Al bunu oğlum. Yazdığın o kitapta bu mektuba da yer ver," deyince o kadar şaşırdım ki, içimden, Yusuf amca nereden biliyor diye geçirirken, "Ne kitabı Yusuf amca?" diye cevap verdim.

"Saklama oğlum ben biliyorum seni, arada gelip, şuraya sırtını dayayıp bir şeyler karalıyorsun. Görüyorum ben seni. Belli, bir şeyi dertlenmişsin sen, bir dert gelmiş sana. Benim de çorbada bir tuzum olsun istedim."

Eskilerin gözünden de bir şey kaçmıyor yahu Yusuf amca.

Düşünmen yeter amcacım. Hem sen o mektubu öyle güzel bir yere yazmışsın ki, bu saman yaprakları o mektubu taşıyamaz. Bırak da yazdığın yerde, iman dolu o kalbinde kalsın olmaz mı?

"Yusuf'um... Erim..." diye başlayan, vuslatı ahirete saklanmış bir ayrılık mektubuydu bu. Şu an televizyon dizilerindeki dekolte aşkları üst üste koysanız bu mektubun tek satırı etmez. O gün o kadar inandım ki ayrılıkların da sevdaya dahil olduğuna. O gün bir kez daha inandım güzel olan ne varsa eskide kaldığına. Askerdeyken eline geçmiş, giderken birbirlerine söz vermişler, her ne olursa olsun bekleyeceklermiş birbirlerini. Askerliğin bitmesine bir sene kala da başka birine vermişler sevdiğini. Bir söz ulan. Sadece bir söz. Evet, belki de kimileri kuru kuruya verilmiş bir söz gibi düşünebilir. Sevdiğine verdiğin bir sözü bedeli her ne olursa olsun tutmak sadece Allah için seven adamların yapabileceği bir iş.

Dağ gibi o adamın karşımda vav gibi iki büklüm duruşu... Yetmiş yaşlarındaki bir insanın çocuk gibi gözyaşı döküşünü anlatmaya mürekkep yetmeyebilir. Abdestini aşkı için döktüğü gözyaşları bozdu Yusuf amcanın. Sonra da sevdiğine sakladığı o elleriyle sildi işte. Sanır mısınız ki bu gözyaşlarının hesabını Allah sormayacak? Sanır mısınız ki Yusuf amca sevdiğinin elini ilk defa ahirette tutmayacak?

"İyi ki ahiret var be evlat. Yoksa nasıl dayanırdı bu yürek."

Kalbinin avuçlarında attığı, nefesin titreye titreye yazdığın, gözyaşlarının mürekkeplere yoldaş olduğu, köşe bucak yorgan altlarında kimseler görmesin diye yazılan mektuplar varmış o zamanlar. Mum gibi eriyen, eylül kokan mektuplar. Yırtılmayan mektuplar. Dört sene askerlik yapmış Yusuf amca. Haber yok, iz yok. Şimdiki gibi herkesin elinde telefonlar yok. Size gelen mektuba cevap yazdığınızda en erken bir ayda ulaştığı dönemlermiş o zamanlar.

Sevmek demek, aynı yastığa baş koyacağın insanı değil, aynı toprağa beraber gömüleceğin insanı seçmekmiş. Sevmek demek, sevdiğine benzemeye çalışmak, hatta benzemekten de öte o olmak demekmiş. Sevmek demek, bir ömür beklemeyi kabullenmekmiş meğer. Ve eğer Allah için sevdiyseniz birini, adınız Yusuf, Ahmet, Ayşe, Emine değildir. Artık âşık olmuştur sizin adınız.

Altında ıslandığım yağmurları derttaş edindim kendime, hem onlar derdinizi kimselere anlatmıyor.

Ben, yağmura fısıldadım derdimi...

Sana, Bana, İnsanlığımıza

Evet, bir şey arıyoruz. Bir ışık, bir koku, bir ses, bir yağmur. Aradığımız şey o kadar yakınımızda ki. Gözlerimizi açmak yetecek. Gözlerimizi açtığımızda göreceğiz neyi aradığımızı. Çaresiz kaldığımız zamanlarda, umudumuzun tükendiği anlarda bir kelimeye ihtiyacımız var, ışıklı, nurlu bir yola, Allah dediğimizde bütün çıkmaz sokakların ardına kadar açıldığı. Ki o yol İslam'dır.

Bazı sokaklar nasıl da benziyor yalnızlığımıza; bomboş, hiç kimseler yok. İçimiz gibi şu yürüdüğüm sokak. Göç zamanı geldiğinde kuşların terk ettiği topraklar gibi. Suyu çekilmiş deniz gibi bazen. Biraz yorgun, biraz yenilmiş. Biraz da... Her neyse işte. İçim! Ey içim! Yalnızlığından öpüyorum seni. Sokak lambaları eşlik ediyor adımlarıma. Ayak seslerim yankılanıyor kepenklerini indirmiş olan dükkânların boş duvarlarından. Cahit gibi Zarifçe geçsek şu dünyadan. Çok mu zor? Durup ince şeyleri anlayabilmemiz için ne zaman vaktimiz olacak? İlla koparmak mı lazım çiçeği dalından? Eğilip koklamayı ne zaman öğreneceğiz? Gece, nöbetçi çaycısı olmayan bir şehrin içinde adam gibi seven adamları aramayacaksın belki de.

Bu gece bombalanmış bir binanın altından çıkarılan bebeklerin cansız bedenlerini gördüm ana haber bültenlerinde. Enkaz altından çıkarılıp ambulansa bindirilen bir çocuğun o koltuktaki suskun hali gözlerimin önünden gitmiyor. Bizim bir yerimiz ufacık kesilse kıyametleri koparırken, Ümran tepki dahi vermiyordu. Ağlamıyor bile. Suskunluğu öyle çok şey anlatıyordu ki dün gece. Öyle susmuş ki Ümran, suskunluğu bütün bomba seslerini, uçak seslerini bastıracak kadar büyüktü. Ümran'ın suskunluğu insanlığın idam sehpasıydı.

Hani biz nerede bir uçak görsek boynumuz tutulurdu ya göğe bakmaktan, ardında bıraktığı o duman kaybolana kadar alamazdık ya gözlerimizi, sevincimizden yere göğe sığamazdık ya hani. Ümran gibileri uçak geçtiğinde sevinemeyen çocuklardan işte. Saklanacak bir yer arayanlardan onlar. Çocukluğumuzda en sevdiğimiz oyunlardan biri saklambaç iken, onların en nefret ettiği oyun belki de. Aradaki farksa biz oyun arkadaşlarımızdan saklanırken, onlar mermilerden saklanıyor. Birine yakalanırsan ebe oluyorsun, birine yakalanırsan da ölümle burun buruna geliyorsun.

Sonra bu boş sokaklar geldi aklıma. Biliyor musun kardeşim? İnsanlığımız da dün gece yürüdüğüm o boş sokak gibi bomboş işte.

Daha nereye kadar bomboş kalacağız?

Daha nereye kadar susacağız?

Bizim üzerimize de yağmur gibi bombalar yağmadığı için mi böylesine umursamaz davranıyoruz?

Anne ve babamızın mezarının ortasında onlara sarılarak uyumadığımız için mi görmezden geliyoruz?

Çocuğumuzun cansız bedenini kucağımıza almadığımız için mi böyleyiz?

Onlar bombalardan, mermilerden saklanırken biz ne zamana kadar insanlığımızdan saklanacağız? Birinin "topal kurt" diye bağırması mı bekliyoruz yoksa?

Evet, sustuk. Ama bizim suskunluğumuz fırtına öncesi sessizlik değildi. Bizimkisi düpedüz insansızlık. Bizim sessizliğimiz bir annenin gözyaşı toprağa düştüğünde bozulmalı.

Biri ebelesin şu insanlığımızı da çıksın artık oda ortaya. "Elma" dersem çıkar mısınız saklandığınız yerden?

Bir anne, televizyon izlerken kanepede uyuya kalan çocuğunu yatağına yatırmak için kucağına alması gerekirken, bombalanmış bir binanın enkazları altından çıkarılan çocuğunun cansız bedenini kucağına alıyor. Sorumlusu kim peki? Tonlarca günahımızın hesabını nasıl vereceğimizi düşünüyoruz ama bu zulmün hesabını verirken gıkımızı bile çıkaramayacağız. Suçluyuz. Tırnak uçlarımıza kadar hem de. Bu ümmet bir futbol takımı gol attığında "gooolll..." diye yeri göğü inletirken bu vahşete neden sesini çıkarmıyor diye insan soruyor kendine.

Bazen bir kurşun öldürmez de insanı, bir fotoğraf bin yerinden vurur ölmüş insanlığı. Bir dünya düşünün. Bir dünya ki, orada günahsız çocuklar anne sesiyle değil de bomba sesleriyle uyanıyor. Ama Allah şahit ya, mazlumların da konuşacağı bir gün var elbet. Bu dünya konuşmak için çok kısa be evlat. Hakkını aramak için de öyle. En iyisi Mahkeme-i Kübra! Amacım içinizi karartmak değil. Hani diyorlar ya, "Cehennem neden yaratıldı?" diye. Bombalanmış binaların enkazları altından çıkarılan çocukların cansız bedenleri bu soruyu fazlasıyla cevaplıyor. Şimdi geceleri başını yastığa koyar koymaz uyumak mı dersin? Bana çok uzak. Hadi gelin ölmüş insanlığımıza bir Fatiha okuyalım.

Bunca sessizliğe,

Bunca vurdumduymazlığa,

Bunca vicdansızlığa

Bunca şeye rağmen kalbimizi alıp karşımıza bir bardak çay söylesek ona, affeder mi bizi? Kabul eder mi özrümüzü?

Belki de dünyada kalbimize özrümüzü kabul ettirecek kadar çay yoktur.

Helalin Gelene Kadar

Müslüman bir bekâr erkeğin
Telefonuna "Aşkım" diye kaydedebileceği tek kadın,
Annesidir.

Sokakların Yeni Abileri

Sevdiğimizin kokusunun kelimelere sindiği mektuplar lazım bize şimdilerde. Dünya kadar mektubun içinden ayırt edebileceğimiz kadar aşka boyanmış gül kokan mektuplar.

Bilmiyorum birileri bizim için papatya yapraklarını "Seviyor, Sevmiyor..." diye koparmış mıdır? Ya da bir gün biri çıkıp ellerinde papatyalarla çalar mı kapımızı? Kiminin sevdiği papatya yapraklarını koparandır, kiminin ise papatyayı yaratanın ta kendisi. Bilmiyorum kardeşim sen hiçbirine mektup yazdın mı? Ya da birinden mektup bekledin mi? Cahit Zarifoğlu'nun mektup arkadaşım olmasını çok isterdim mesela. Belki o zaman yalnızlık ne yana dönsek kemik gibi batmazdı. Bakma etrafının kalabalık olduğuna, etrafındakiler seni anlamıyorsa, yalnızsındır. Asıl sorun yalnız olmak değil, yalnız olmadığımızı bildiğimiz halde yalnızlık çekmek. Unutuyoruz, bizi televizyona bağlayan dizilerin bir yönetmeni olduğu gibi, yönetmenlerin de bir yönetmeni olduğunu unutuyoruz. Ya Hu... Madem sen varsın, yalnızlık sadece bir kelime bizim için.

İnternet çağında olduğumuz şu dönemde insan biraz 1900'lü yıllara gidip farklı bir şey yapmak istiyor. Telefonlarımızda, "Aman bir gün işim düşer," diye, "Şuna da bayram, kandil mesajı atayım da dursun bir köşede," diye atılan menfaat tekerlemesine dönüşmüş mesajlarla dolu olmayan yıllara. SMS paketi kampanyalarından çok, PTT kuyruklarının arka sokaklara kadar uzandığı yıllara gidesi geliyor insanın böylesine rezil rüsva bir dünya içinde. Ne bileyim, pencereden kafamı çıkarttığımda gördüğüm fatura kuyruğu değil de kitap kuyruğu olmuş olsa mesela. Bakkallarda ekmek misali kitap da satılsa fena olmaz mı? Para üstü çıkışmadığında sakız uzatan mahallenin bakkalı onun yerine kitap uzatsa? Sokaklar biraz da en sevdiğimiz kitabın sayfaları gibi koksa, işte o zaman o kitabın içinde yazılanlar gibi yaşayamaya çalışacağız belki de. Şarkıların ruhun gıdası olduğuna inananlardan biri değilim. Bana göre Ruhun ekmeği kitaplardır. Hatta tek bir kitap. Ki o kitap bütün insanlığa indirildi.

Geçenlerde köyden babaannem geldi. Günlerden cumaydı hatta. Cuma namazından yaklaşık yarım saat kadar önce camdan dışarısını seyrederken sokaktan geçen bir grup gencin önlerine dahi bakmadan, başları öne eğik, gözlerini ellerindeki telefonlara kilitlemiş bir halde yürüdüklerini görünce o kadar çok şaşırdı ki, "Herkes mi böyle oğlum?" dedi gelecekteki insanlıktan endişeli bir şekilde. O kadar utanmıştım ki, "Evet, yediden, yetmişe herkes böyle babaanne," diyemedim.

Birileri istedi diye bir şeylerini yaptığımız, her şeyi yarattığı gibi birilerini de yaratan Allah'ın istediği gibi bir kul olmaya çalışsak böyle olmazdık sanırım. Zenginin yediklerini sindirebilmek için, garibanın karnını doyurmak için yürüdüğü bir dünyada her gününü bir gün ölmek için yaşadığımız şu hayatta hissizleştirdiler bizi. İnsanlığımıza kan gitmiyor artık. Uyuşturulduk. Evet, öyle. Canlı cenaze diyorum ben buna. Yaşadığımızı sanıyoruz ama yaşayan ölüler olduk hepimiz. Sokaklarda bakkaldan aldığı ekmekle, ayaklarında terlikle evine koşturan çocukların yerini İphone'lu, Samsung'lu abiler aldı.

Geç Kalmamak

Bazen başımı bir otobüsün camına emanet edip gidesim geliyor. Bir isyan değil benimkisi. Bir kaçış değil. Kendinle baş başa kalmak gibi bir şey. Size de oluyordur mutlaka. Bizi en iyi içimiz anladı zaten. O yüzden de hep içimize attık. "Nasılsın?" sorusuna her defasında "Elhamdülillah" diyoruz ya, iyi sanıyorlar, oysa biz iyiye de kötüye de hep hamdediyoruz.

Benden vazgeçme Ya Rabb! Düşerim yoksa.

Özlediğim şeyler var. Özlediğim. Özlediğimiz şeyler. Geçmişe gidip hepsine kocaman sarılmak istiyorum. Özledim, dediğimde aklıma düşene sarılasım var. Kördüğüm gibi. Yer sofrasında yemek yemeyi hayatta hiçbir şeye değişmem. Yemin edebilirim. Bir sofranın etrafında bağdaş kurup diz dize vermek. Uzun süre üzerine oturduğunuz ayağınıza kan gitmemesiyle o uyuşan ayağınızın hissizleşmesi. Köy ekmeğinin masadaki çorba kokusunu bile bastıran kokusu. Ve en güzeli şükrediş. Hep ona. En güzele. Bu sofranın asıl sahibine. Çok başka şey bunlar.

O çok sevdiğim köyüm, ki öldüğümde gömüleceğim yerdir orası. Şehirden uzakta, gökyüzüne dokunmak için birbiriyle yarışan koca koca dağların arasında bacası tüten evleri olan, asma ağaçlarının evlerin duvarlarını sarıp sarmaladığı, kapı numaralarının duvar boyasıyla yazılı olduğu tahta kapılar, toprak yollarıyla yağmurun kokusunu içime kadar çektiğim tek yer. Çocukluğum yatıyor bu topraklarda. Dedim ya bu koca binalar boğdu beni hep.

Bizim köyümüz elini uzatsan gökyüzüne dokunacak kadar dağların tepesinde ya da ormanın içinde kaybolmuş bir çocuk gibi ama kurtarılmayı beklemeyen bir çocuk. Pencerenizden kolunuzu uzatsanız bir ağacın dalına dokunur eliniz. Burada yağmur toprağa düşmeden ağaçların yapraklarına dokunur ilkin. Yeşile değer de geçer. Her şey böyle olunca da bizim köyün insanlarının en sevdiği renklerden biridir yeşil. Her şeyde biraz yeşil vardır burada. Biraz da mavi tabii.

Yazları başkadır mesela. Okullar kapanır, çocuklar basar bu toprak yolları. Gerçi şimdi toprak yollarını da aldırlar köyün. Düşüp dizlerini kanatmaya korkuyor insan, düştüğün toprak yol değilse eğer. Akşam ezanlarına kadar çocuk sesleri eksik olmaz. Sabah uyanışları horoz sesiyle başlar, traktör sesleriyle devam eder mesela. Bir de şey vardır tabii, karşı komşunuzun ahırından gelen inek sesleri. Sabahları tarlaya yaka paça götürülen çocukların öğleden sonra tarladan kaçışları meşhurdur. Kaçıp ya dereye yüzmeye gidersin ya da sokaklarda akşama kadar kan ter içinde top peşinde koşturursun. Akşam ezanına kadar, akşam eve döndüğünde hesap verene kadar rahatsındır. O kulak bir kere çekilecek mutlaka. Sonra babadan az laf işiteceksin. Ezan okununca yarıda bıraktığın oyuna mı yanarsın? Yoksa kulağın çekilince yanan canına mı? Ya da yediğin bir torba dolusu lafa mı? Ben her defasında yarıda bıraktığım oyuna yanardım. O çocuk aklıyla ne çok kızardık köyün imamına şu ezanı az daha geç okusa olmaz mı diye. Her akşam ezanı okunduğunda, çocukluğumda akşam ezanı okunur okunmaz yarıda bıraktığım oyunlar gelir aklıma. Tebessüm ederim. İçimde kocaman sarılırım unutulmaya yüz tutmuş çocukluğuma. Dünyalığını kaybetmiş bu dünyada başka temiz olan ne kaldı ki zaten?

Şunu fark ettim ki, okul hayatı bittikten sonra gelen en büyük değişiklerden biri, otobüslere bindiğinizde, "Bir öğrenci uzatır mısınız?" cümlesinin yerini, "Bir kişi uzatır mısınız" cümlesinin alması. Daha sayamayacağım birçok şey var tabii. Değişmeyen tek şeyin değişim olduğu şu dünyada değişmez dediğimiz şeyler bile değişti mesela. Cedric gibi hep sekiz yaşında kalmak istesen de, bir gün bir takım elbisenin içinde kravatını sıkmak zorunda kalırken görüyorsun kendini.

Çocukken öğrendik biz hiçbir şeye geç kalmamayı. Köyün bağrı yanık müezzininin o tiz sesiyle okuduğu akşam ezanları öğretti işte. Köyün âşık abileri, bakkaldan aldığı şeyleri bir torbayla elimize tutuşturur, sevdiği kızın kapısına yollatırdı. Öyle öğrendik biz sır saklamayı. Birine güvenmeyi, verdiğin sözü tutmayı. Bu topraklar fısıldadı kulağımıza adam olmayı.

Geç kaldık işte. Evet kardeşim, yeri geldi hiç geç kalınmayacak şeylere öylesine geç kaldık ki... Sırrın sahibine mesela. Her şeyden çok güvendiğimiz Allah'ın emrettiği şeylere çok geç kaldık. Kalbimizi, aklımızı uyuşturdular. Gözlerimizin içine baka baka imanımızı bıçaklıyorlar. Manevi organlarımız olan latifelerimiz o kadar tıkanmış ki, hissetmiyoruz bile. Bazen bir televizyonun karşısında muhallebi gibi gevşemiş bir şekilde uzandığımız koltuktan kalkması zor geldi, namaza geç kaldık. Bazen ise son ses müziklere açtığımız kulaklarımızla ezanlara karşı sağır sultanı oynadık, kılması zor geldi. Sabah namazına kalkmak için kurduğumuz alarmı duyduk ama uyku daha tatlı geldi, kalkmadık. Aynı alarmı işe geç kalmamak için kurduğumuzda neden geç kalmıyoruz? Neden kalkmamazlık yapmıyoruz? Patron mu kızar? İşten mi atar yoksa? Peki ya Allah? İşlediğimiz günahların cezasını hemen o anda çekmediğimiz için mi bu kadar rahatız? Yoksa senin rabbin patronun mu? Haşa! Yoksa sen bir Allah'ın varlığına da mı inanmıyorsun? Evet, kılmadık. Hiç okumadık da. Her gün, günde beş defa aldığımız bir davetin neyini beğenmedik de icap etmedik? Daveti mi beğenmedik? Yoksa davetçiyi mi? Ne gariptir ki, ahiret sınavını kazanmak için gönderildiğimiz bu dünyada asıl sınavı bir kenara koyup dünyevi sınavları kazanmak için ahiretimizi elimizin tersiyle itiyoruz.

Sen kardeşim, huzurun şişenin dibinde olduğuna inanmaya devam edebilirsin ya da terk edilmiş bir sevgilinin arkasından yaktığın bir sigarada olduğuna. Çabuk büyü kardeşim, çabuk büyü. Kandırmışlar seni. Gerçek huzur avuçlarının içindedir. Sen yeter ki ona bir göster avuç içlerini, ona aç. Aç ve çok iste çünkü vereceği hiçbir şey rabbine ağır gelmez. Yeter ki istemesini bil. Arının bile peteğine bal götürmesi için konduğu bir çiçek vardır.

Bir yakınımız bizi düğününe çağırmadığında bile türlü türlü düşünceler içinde, acaba neden bizi düğününe çağırmadı diye düşünüyoruz ya hani. İşte onu düşündüğümüz kadar huzuruna gitmediğimiz Allah'ın bizi neden namaza davet etmediğini düşündük mü hiç? Hiç sordun mu kendine, ben ne yapmış olabilirim ki Allah beni huzuruna davet edip namaz kılmayı nasip etmiyor diye? Sevgilimizin yanına ağzımız kulaklarımızda koşa koşa bir saniye bile geç kalmadan giderken, o aynı heyecanla neden namaz kılmaya gidemiyoruz? Bize namaza geç kalmayı kim öğretti? Erteleyenler helak olmadı mı? Öyle denilmiyor mu Kuran'da? Bunu bile bile neden hâlâ ateşe körükle gidiyoruz? Ne zaman söndüreceğiz yanan imanımızı? Gözlerimizden ziyade kalbimizi açmalıyız. Ayağa kalkma vakti geldi kardeşim. Ayağa kalkıp arkamıza bakmadan koşa koşa ahiretimizi kurtarmak için çabalama vakti geldi.

Vakit, düşenin elinden tutup kaldırma vaktidir. Vakit, yanan imanları söndürmek için geceyi gündüze katma vaktidir artık.

Dinlediğimiz bu şarkı bizim şarkımız. Baş koyduğumuz bu dava bizim davamız.

Ey yerin ve göğün mutlak, yegâne sahibi! Sen bizi bize bırakma! Bize güç ver Allah'ım! Âmin.

Son Misafir Ağırlayışımız

Bir gün kapımız çalacak ve açmak zorunda kalacağız.
Ve o gün kapıdaki ölümden başkası olmayacak.

Umudun Kıyısında

Hayal kırıklıklarımız var. Onarılamayacak kadar çok belki de. Ben hiç saymadım. Hoş, saymaya kalksam da matematiğimin yeteceğine inanmıyorum ya. Evet, hayal ne kadar yüksek olursa yere düşüşü de bir o kadar sert oluyor. Mutlaka yaşamışsınızdır bunu. Bazı şeyler ya da birileri size bu hayal kırıklıklarını mutlaka yaşatmıştır. Gitmez dedikleriniz gitmiştir. O yapmaz dedikleriniz yapmıştır. Güvendiğiniz dağlara karlar yağmıştır hatta. Senin gibi bir gün benim de güvendiğim dağlara karlar yağdı. Sonra geçtim babamın karşısına. Böyle adam gibi ama, kendimden emin bir şekilde, "Baba, ya bir gün bizim de güvendiğimiz dağlara kar yağarsa?" dedim.

"Varsın yağsın be evlat. Bize eteğine düşenler yeter," demişti onca yılın birikmişliğiyle. Bu saydıklarım gibi birçok şey var işte bizi hayal kırıklıklarına uğratan. Biliyorum kardeşim, kimseye arkamızı dönmeye gelmiyor artık. Sırtımızı yasladıklarımız, kendimizi emanet ettiklerimiz elimizi ilk bırakanlar oluyor. En acısı da o ya zaten.

Bir gün, bir akşam sofrasına oturduğunda annene sorarsın mesela, "Neden sofrada bir tabak eksik?" diye. Öyle gözleri dolu dolu bakar yüzündeki çizgilerde bile merhamet yazan o kadın sana şöyle der:

"Oğlum Baban..."

"Anne ne olmuş babama?"

"Baban yine...'

Biliyor musun ey içim! O yineler hiç bitmez zaten. Yineler alın yazındır senin. Hep başa sarar. Bir yerden sonra acımıyor artık. Alışıyorsunuz çünkü. Alışmak zorunda bırakıyorlar. Acıdan çok hayal kırıklıkları var şimdi etrafta. Sen saç uçlarına kadar acını, üzüntünü yaşamak istersin ama sabah kalkıp işe gitmen gerekir. Bizi buna mecbur ettiler çünkü. Allah'a hakkıyla kul olmamız gerekirken, patronlarımızın köleleri olduk.

Herkes bir beklenti içinde. Kimi babasının işten dönüşünü bekliyor. Kimi ayrıldığı sevgilisinin geri gelmesini. Mahallenin bakkalının beklediği hep bir müşteridir. Rukiye teyzenin camdan çıkıp, "Kemal, iki ekmek yollar mısın," diye bağırmasını bekler mesela. Bir öğretmen, sorduğu soruya bütün sınıfın parmak kaldırmasını bekler. Vatan, uğruna canını verebilecek insanları barındırmak ister üzerinde. Bir bayrak, rengini şehidinin kanından alan bir bayrak, onun için gözünü kırpmadan canını verebilecek Mehmet'ini bekler. Bir baba eve girdiğinde, kapıyı ona hep hanımı açsın diye bekler. Sonra bir çocuk, bir gün babası gibi oturduğunda sofraya, artık babası gelsin ister. Onun gibi böldüğü ekmeği artık gelsin de babası uzatsın ister. Bizde öyledir. Ekmeği eve kim getiriyorsa kesen de odur. İşte bütün bunlar gibi, bizim birilerini ya da bir şeyleri beklediğimiz gibi Allah da bizi bekliyor. Ama biz gitmiyoruz. Allah'ın bize ihtiyacı olmamasına ama bizim ona hücrelerimize kadar ona ihtiyacımız olmasına rağmen gitmiyoruz huzuruna. Bir düşünsene en son ne zaman dua ettin? Yoksa senin edecek bir duan da mı yok?

Üniversite sınavının sonucunu merakla beklediğimiz kadar kıldığımız namazları beklemedik. En sevdiğimiz diziyi kaçırmamak için televizyonun karşısında çayımızı, bisküvimizi hazırlayıp pür dikkat bekledik ama seccademizi serip namazımızı kılmak için ezanın okumasını onun kadar beklemedik.

Lise üçüncü sınıfta, felsefe dersinde bir sınavda hocamız kitaba bakmak serbest demişti. Kopan alkış tufanları arasında çantalardan çıkarılan kitaplarla hazırlanan kopyalar yer değiştirmişti haliyle. Sınıfın zeki çocuğunun sırtı dürtülmekten kurtulmuştu anlayacağınız. Soruların cevaplarını noktasına, virgülüne kadar yazanlar, yetmezmiş gibi hocadan ek kâğıt isteyip onu da dolduranlar vardı. Bilirsiniz işte sınavdan yüksek almanın insanı ne kadar mutlu ettiğini. O gün sınıfı, sınavdan yüksek not beklerken ilk defa böylesine heyecanlı görmüştüm. Ama bizimkisi beklendiği gibi çıkmamıştı işte. Sınıf listenin ilk sırasında benim adım vardı. Bir öğrencinin başına gelebilecek en kötü şey bence. Sözlü olursun ilk senden başlar. Tahtada çözülecek bir matematik sorusu vardır kimse parmak kaldırmadığı için hoca, "Listenin ilk sırasındaki kalksın o çözsün bakayım," der. Böyle işte.

Bilirsiniz, bazı hocalar sınav notunuzu açıklamadan önce kaç beklediğinizi sorar:

"Kaç bekliyorsun Fatih?"

"Allah ne verdiyse hocam."

"Otur oğlum, 19."

"Ama nasıl olur hocam, 91 olmasın o? Tersten okumuş olmayasınız."

Evet, yanlış duymamıştım 19 almıştım o sınavdan. Ben çok yüksek not beklediğim bir sınavın sonucunun böyle olması yüzünden hayal kırıklığı yaşarken sınıftakiler gülüyordu. Koca bir şaşkınlık içinde yerime otururken benden sonraki arkadaşın adı söyleyip, "Sen kaç bekliyorsun kızım?" dedi.

"Hocam bütün soruları cevapladım, ek kâğıt bile almıştım hatta sizden ama yine de emin değilim. 70'ten aşağı değildir herhalde."

"Sen de otur kızım, 0."

Benim notumun okunmasıyla sınıfta rüzgâr gibi esen kahkahalar yerini korku dolu, endişeli bir bekleyişe bıraktı. Sınıfta en yüksek ikinci notu alan bendim. En yüksek notu olan ise kitaba bakmayıp kendi aklıyla düşüncelerini kâğıda döken sınıfın zeki çocuğuydu tabii ki.

Okul hayatımda yaşadığım, unutamadığım o olay öyle bir ders vermişti ki bana, o gün anlamıştım her şeyin kitaplarda yazmadığını. Kitapların sadece bize yol gösterdiğini. Düşünmek gerektiğini. Evet, biz düşünmüyoruz kardeşim. Tefekkür etmiyoruz mesela. Niçin buradayız? Burada bulunmamızın gayesi ne? Bütün bunlar kimin eseri? Tonlarca ağırlıktaki bir bulut nasıl olur da ipsiz, direksiz bir şekilde gökyüzünde öylece asılı durur? Kar taneleri nasıl olur da birbirine değmeden yağar? Yediklerimiz nasıl olur da akılsız, şuursuz bir toprağın ikramı olabilir bize? Bütün bunlar gibi milyonlarca sebep... Evet, bir yaratıcı var. Biz kâinattaki bütün bu eserlerin arkasındaki o kudreti görmek için gönderildik. Bir yaratıcı bize kendisini tanıtmak için bizi bu dünyaya sebepler silsilesi içinde gönderiyor.

Sınav içinde sınav...

İnsanların atomu parçalamaya çalışması gibi. Bir atom yığının tek bir atoma kafa tutması gibi bir şey anlatmak istediğim. Sınav için gönderildiğimiz bir dünyada başka sınavlara tabi tutulduk. Sınav içinde sınavlarla dolu yaşadığımız bu hayat. Hepsi bu.

Sevgili dost! Ellerine dikenler batıyor diye gülü koklamaktan sakın vazgeçme. Yaşadığın her neyse, kim kırdıysa seni affet onu. Her defasında yere ne kadar sert çakılırsan çakıl, hayal kurmaktan asla vazgeçme. Kimselerin duymadığı bir kalp kırıklığını duyan bir Rabbin var senin. Düşsen de seni kaldırmaktan hiç vazgeçmeyecek biri. Biri var, herkesler gitse de hep seninle kalan. Biri var, emirber bir nefer gibi seni her şeylerden koruyup kollayan. Biri var hanım kardeşim, ayaklarının altına cennet, başının üstüne ayet yerleştiren. Biri var, vardan da öte. Olmazları olduran. Ki onun için yok diye bi' şey yoktur.

Türlü türlü düşünceler içerisinde planlar yaparsın, her şey beklendiğin gibi gitmez bazen ama senin için planlar yapan biri daha vardır. Senin iyiliğini senden daha çok düşünen biri. Ümitvar ol. Yeise kapılma. O, daha senin için hazırladığı planını sana göstermedi. Biraz daha sabır. Sadece biraz daha sabır... İnan bana düzelecek her şey. Bir gün kendi duanı yaşarken bulacaksın kendini. Sadece, kapının ardında beklemekten sakın vazgeçme. Bir gün o kapı açılacak ve başka diğer bütün kapıları kapatmak isteyeceksin.

Şimdi bir çay demle kendine.

Belli mi olur, belki bir gün beraber içeriz.

Çünkü biz en çok da çayın içimizi ısıtan yanını sevdik. Çoğu insanın yapamadığı şeyi yapışını, içimizi böylesine güzel ısıtışını. Yalnızlığımızın elinden sıkı sıkı tutuşunu. Derdimize derman oluşunu. İçimizdeki o şehir gürültüsünü susturuşunu. Bunca haramın içinde helal oluşunu. En çok da, her şeyi yarattığı gibi çayı da Allah yarattığı için sevdik.

Sesler...

Hayat, penceremizin ardındaki seslerden ibaret. Hayat başlı başına bir ses değil mi zaten? Sesler. Hayatımızın bir yerinde hep var. Gürültüsüyle, patırtısıyla, sakinliğiyle ve bazı zamanlar tüm duygusuyla seslerin bize hep bir şeyler anlatmaya çalıştığına inanmışımdır. Kimsenin kimseyi sevmediği ama herkesin herkesle samimi olduğu şu hayatta sessizliğin de bir çeşit ses olduğuna inanıyorum hatta. Sanki sessizlik daha önce çok güzel bir sesmiş de birileri küstürmüş onu. Sessizliği sevdiğinden ayırmışlar sanki bu sevda cellatları. O da sonsuza kadar sesini bir daha hiç çıkarmayacağına yemin etmiş. Ondan böylesine susmuş. Çocukken böyle inandırırdım kendimi. Hâlâ öyle aslında. "Sus. Bir daha sesini çıkarma!" demiş birileri sessizliğe.

Hele ki o içimizdeki ses. Hiç susmayan o iç sesimiz. Merak ediyorum nasıl biri olduğunu. Neye benzediğini. Hayat hengâmesinde bizi hiç yalnız bırakmayan, kimi zaman en büyük düşmanımız, kimi zamansa en iyi dostumuz olan içimdeki sesi de karşıma alıp, deniz manzaralı bir banka oturup saatlerce konuşmak istiyorum onunla. Sormak istiyorum neden peşimizi bırakmadığını. Bizden ne istediğini.

Radyoda denk gelen en sevdiğin şarkının sesi, annenin sana seslenişi, süt kokan bebeğin bir gece yarısı ağlayışı, seni seviyorum cümlesinin aşka dönüşmesi, kalp atışın... Hepsi aşk değil mi zaten?

Özlediğin sesler de var tabii. İçini ısıtan. Sesiyle sana sarılan insanlar.

Hüznün sesi eylül.

Acının sesi gözyaşı olsun bundan sonra.

Mutluluğunki kahkaha zaten.

Bir sese âşık olursun, ondan sonraki bütün seslere sağırsındır artık.

Bütün bunları yazarken şu an bulunduğum kalabalığın içindeki sesi size anlatmayı çok isterdim ama o kadar çok ses var ki, hepsi bir kavga halinde. Seslerin savaşı var adeta. Çocuğuna bağıran bir anne, telefonda sevgilisini azarlayan bir erkek. Önünden geçtiği oyuncakçıdan hoşuna giden bir oyuncağı aldıramadığı için annesinin kolundan tutmuş hıçkıra hıçkıra ağlan bir çocuk. Yan masada yalnız oturan, ellerini başının arasına almış şu sessiz çocuk mesela hayatla kavgalı belki de. İki teyze geldi biraz önce, yanımda konuş konuşup gittiler. Oğlu müdür olmuş. Öve öve onu anlattı karşısındaki teyzeye. Sesindeki mutluluğu gördüm. Yıllarca okuyup adam olsun dediği oğlu ona göre hayalini gerçekleştirmişti. Hayatta bir ses var. O sese kulak verenler kurtulacak, oğlu bu dünyada sadece müdür olmakla kalanlar değil. Aslında sormak istemedim değil teyzeye, "Oğlunuz bu hayatta aradığı sesi buldu mu?" diye. Ruhunun aradığı sesi. Onu bu dünyada değil de asıl öbür dünyada müdür yapacak sesi.

Kimileri için yağmurun habercisi gök gürültüsüdür, kimileri içinse bir ezan sesi. Bu kalabalığın içinde beni içine çeken tek bir ses var, beni diğer bütün seslere sağır yapan. Çivisi çıkmış bir dünyada sıkı sıkı sarılmak lazım o sese. Rabbim herkese o sesi bulmayı nasip etsin. Dünyadan bu ses kurtaracak bizi. Gelirken bu ses karşıladı, giderken de bu ses uğurlayacak.

Şems'in de dediği gibi:

"Bazen susmak gerekir duymak için."

Hayatınızdaki o sesi bulmanız duasıyla...

Aşkın "Paravan" Hali

Açıyorsun televizyonu, en büyük katliam orada işleniyor aslında. Türkiye'nin en çok izlenen majör kanallarının on tanesinin dokuzunda hep aynı şey. Şimdilerde kurtulduk ama zamanında az rahatsız etmedi insan görünümlü sunucular eşliğinde paravanlar arkasında yaşanan aşkların sergilendiği programlarla dolu televizyonlar. Aşk dememek lazım aslında buna. Bir düzmece bu. Biri çıkıyor, hayatı boyunca hiç görmediği birine paravan açıldıktan sonra âşık olabiliyor. Böyle bir şaklabanlığa komedi filmlerinde bile az rastlanır. Yaşananları hayretle izledim geçenlerde denk geldiğim bir programda. Anlamını dahi bilmediği yabancı şarkılar eşliğinde şaklaban gibi dans eden insanların doluştuğu bir program. Elektriği alırsa çay içmeye gidiyorlar. Ulan bu ne elektrikmiş be kardeşim, TEDAŞ'a çevirdiniz her yeri. Bari çayı böyle bir oyununuza alet etmeseydiniz diyor insan ister istemez.

Ölümün hayatımızın içinde olduğu bir dünyada insanlar ölmeyeceklerine inanmışlar herhalde. Sadece Allah var demekle cennetteki yerleri garantiymiş gibi hissediyorlar ya da. Ümmet kan ağlarken, her gün şehit haberleri gelirken ülkenin dört bir yanından, ekranlar göbek atan insanlarla dolu. Hiçbir şey olmamış gibi davranmayı nasıl beceriyorlar anlamış değilim. Anlamak da istemiyorum aslında. Müslüman bir ülkede yaşanan bu olaylara nasıl müsaade ediliyor? Keşke her şey ekranın sağ üst köşesine siyah bir kurdele koymak ile bitmiş olsa. O zaman ağlamaya da üzülmeye de, hatta bütün bunları yazmaya da gerek duymazdık. Belki o zaman biz de hiçbir şey olmamış gibi yaşamaya devam edebilirdik.

Öylesine bir düzmecenin ortasındayız ki, kimse bize Allah yok dedirtmeye çalışmıyor. Biz de sadece kuru bir dil ile "Allah var" dediğimizde kendimizi rahata alıp cennetteki yerimiz garantiymiş gibi hissediyoruz. Böylece içimiz rahat oluyor.

Televizyonlar, kırmızı halılarda gecenin en şık insanı olmak uğruna kameralar karşısında yürüyen, yaptırdığı okullara ismini verip ödül törenlerinde yalandan sırıtan insanların yaptığı programlarla insanların ruhlarının boşaltıldığı, imanların öldürüldüğü yayınlarla dolu. Durum böyle olunca da elimizdeki değerlerin kıymetini bilmediğimiz için kaybediyoruz. Elimizde bir çiçek var ama o kadar uzun zaman olmuş ki onu koklamayalı. Nasıl bir şey olduğunu, neye benzediğini unutmuşuz. Daha doğrusu bize unutturulmuş. Annelerimizi, kardeşlerimizi, hatta babalarımızı, kısacası ailemizi Kuran'dan ve namazdan soğuttular, reyting uğruna gündüz kuşağında saç baş birbirine giren kadınların doluştuğu, paravan arkasında birbirinden elektrik almaya çalışan, bir eve kapatılıp milyonlarca kişinin gözü önünde aşk yaşamaya çalışan, Türkiye'nin en tarz kadını olmak için, "Tarzsın" cümlesi uğruna kılıktan kılığa girip palyaço gibi podyumda yürüyen insanların olduğu programlarla yıllarca bizi ekranlara bağladılar.

Ondan sonra kalkıp diyoruz ki, "Ne hale getirdiler bizi böyle?" Getirirler. Sen televizyonun karşısında bütün bu yaşananları hipnotize edilmiş bir şekilde izlersen getirirler. Öyle bir getirirler ki hem de, bir gün o paravanların arkasındaki sen bile olabilirsin. Bir gün bakarsın ki, alt komşun Ayşe teyze gündüz kuşağında para ile tutulmuş kadınların saç baş birbirine giriştiği kadınlar grubuna üye olmuş. Gün gelir televizyonun karşısında kanaldan kanala gezerken bir eve kapatılıp aşk yaşamaya çalışan insanlar arasında ilkokul arkadaşın Berkecan'ı ya da Pelinsu'yu görürsün. Bir bakarsın ki, mahallenin tarz kızı Merve "Kuş öldü Baby" cümlesini duymamak için stil yarışmasında kılıktan kılığa girmiş. Televizyonlarda izlediğimiz şeyleri dertlendiğimiz kadar ahiretimizi dertlenseydik herhalde böyle olmazdık.

Uyutuluyoruz. İnsanlara ihlas ile namaz kıldırmayan, bir zulmün karşısında sesini dahi çıkarttırmayan, gösterişi, dedikoduyu çok basitmiş gibi rahat rahat yaptıran şeyler işte bunlar. Elimizdeki çiçeğin kokusunu unutmamız şeytanın işine geliyor. O kadar uyku halindeyiz ki, elimizdeki o çiçeğin varlığından da yokluğundan da haberimiz yok. Televizyonlar şeytanın ekmeğine yağ süren şaklabanlarla dolu. Bu da şeytanın zahmetsizce iş yapmasına yardımcı oluyor haliyle. Elimizden o çiçeği kopardığında sesimizi çıkarıp karşı çıkaracağımızı da bildiği için, çiçeği doğrudan almak yerine televizyonlardaki şaklabanların bizi uyutması hoşuna gidiyordur her halde.

Öyle bir hale getirdiler ki bizi, nasıl seveceğimizi peygamber efendimiz Hz. Muhammed (sav) gibi rol model olması gereken bir nebinin örnek hayatından değil de televizyonlar karşısında paravan aşklardan öğrenen hipnotize edilmiş yeni bir nesil yetiştiriliyor şimdilerde. Hal böyle olunca, sevdiğini her şeyden önce Allah'tan isteyen birini beklemeyeceksin. Allah'ın istediği gibi bir sevda yaşamıyorsan, Allah'ın da kalbine aşkı düşürmesini beklemeyeceksin.

Sevdan helal değilse, helak olur...

Yarın mahşerde âşıklar en ön sırada saf tutacak, çünkü gerçekten gerçek âşıklar Resulullah'ın şefaatine nail olacak. Peki biz bu şaklabanlığa göz yumanlar, insanların göz göre uyutulmasına sebep olanlar, görmezden gelenler... Yarın Resulullah'ın yüzüne nasıl bakacağız? Hiç düşündük mü?

Beşinci Mevsim

Bu gece de mevsim yağmur. Evet, yağmuru mevsim olarak ilan ettim kendime. Hayat bilgisi derslerinde bize öğretilen mevsimlerin aksine, ben beşinci bir mevsim olarak gördüm yağmuru her zaman.

Şu soruyla mutlaka karşılaşmışsınızdır, "Eğer kendin olmasaydın ne olmak isterdin?" diye sormuşlardır size de. Ya da birileri sormuş olmasa bile siz kendiniz düşünmüş olabilirsiniz. Kendimi bildim bileli yağmurun yeri farklıydı bende. Çok şükür halimizden memnunuz ama ben yine de altını çizmek istiyorum. Yanlış anlaşılmasını istemem çünkü. İnsan olmasaydım, yağmur olmayı isterdim herhalde. Belki bir gece yarısı ağlayan birinin gözyaşlarına eşlik etmek için. Belki de gözyaşlarıyla yağmuru yenmiş bir adamın uykusuz gecelerine ortak olabilmek için. Evet, yağmur olmak isterdim ben. Seven birinin, sevdiğinin şehrine yağmak için.

Çoğu insanın aksine yağmurlu havaları severim ben. Sokaklar size kalır çünkü. Derdinizle baş başasınızdır. Eşsiz bir koku kaplar sokakları. Bir şişeye saklayasınız gelir o kokuyu. Sadece sevdiğinizin yanına giderken kullanabilmek için. Yağmur yağınca kahvesini hazırlayıp, eline kitabını alıp cam kenarında kitap okuyanlardan değiliz biz. Tefekkür... Hiçbir romanda bulamazsınız bu betimlemeyi.

İlkokul sınıflarında vardır ya hani, duvarlara boydan boya mevsimlerin şeması yapılırdı. Gerçi bizim zamanımızda öyleydi. Şimdi öyle mi bilmiyorum. Dört mevsimi temsil eden ayrı ayrı dört resim bulunur, altına da özellikleriyle birlikte maddeler yazılırdı. Jelatinlenir, duvara da öyle güzelce asılırdı. Ben hiç sevmezdim onu mesela. Yağmur yazmazdı çünkü orada. Bizim de gücümüz duvarlara yazmaya yetmediği için, kâğıtlara yazdık haliyle.

Annemin adını yazmayı öğrendikten sonra "yağmur" yazmayı öğrenmiştim ben. Kendi kendime hem de. Hatırlıyorum da ilkokul yıllarımda, hayatıma giren ilk sınavlardan birinde öğretmenimiz, "Mevsimler kaça ayrılır? Sırasıyla yazın," diye bir soru sormuştu. Ben de sorunun altına cevap olarak, "Beşe ayrılır. İlkbahar, yaz, sonbahar, kış, bir de yağmur," diye yazmıştım. Kızdırmıştım hocayı. Çok kızmış olacak ki, teneffüste yanına çağırıp, elindeki sınav kağıdını sallaya sallaya gösterip, "Bu nasıl bir cevaptır Fatih? Hiç mi bir şey öğretemedim oğlum ben sana, dalga mı geçiyorsun sen bakalım benimle?" demişti. Kulağımı çekip, "İslam'ın şartını mı sorduk evladım biz sen altına beş yazmışsın. Bu nasıl bir şeydir?" diye serzenişte bulunup teneffüsümü harap etmişti anlayacağınız. Bir teneffüste de okul koridorlarında çığlık çığlığa koşup kan ter içinde kalamamıştım. Ah be hocam siz zaten hiç anlamadınız ki beni.

Yağmur, yazın sabahın altısında yükselen, yatağının başucuna vuran o güneş gibi kimilerini iliklerine kadar ısıtır. Bazılarının da, üzerini kat kat giyinse de ısıtamadığı içini kış gibi üşütür işte. Bazen de ilkbaharda açan çiçekler gibi, bahçenizin en güzel yerinde yeşeren, koparmaya, koklamaya dahi kıyamadığınız bir gül misali kokutur her yeri. Ve sonbaharın ağaçların yapraklarını dökmesi misali, günah kokan pencerelerimizi temizler herkesin uyuduğu vakitlerde. Bilsem ki mürekkebin yeteceğini, anlatmaya başlardım size de. Bilsem ki olacak, yağmur olup yağmak isterdim uykusuz gecelerinize. Herkesin geceleri dertleştiği biri vardır mutlaka. Kimileri başını yastığa koyduğunda içindeki o ses ile konuşur. Kimileri de bizim gibi yağan yağmurlara anlatır derdini. Yağmur yağsa da, sokaklar yerden kalkan o kokuyla doluşsa der içten içe.

Yağmuru yağdırana, taneleri adedince hamdolsun.

Peki namaz da ruhumuzun yağmuruysa kardeşim? Ve ezanlar bu yağmurun habercisinin sesiyse? Hadi ben gücüm yetmediği için duvarlara yazamadığım yağmuru kâğıtlara yazabildim ama yaptıklarımızın kâğıdını tutanlar başka. Defter de, kalem de omuzumuzdakilerin elinde. Gitmediğin bir yağmurun seni ıslatmasını beklemeyeceksin.

Bazen hayatımızı sert, oldubittiye gelen yağmurlara benzetiyorum. Hani şu gecenin bir yarısı ya da günün bir saatinde sağanak sağanak yağan yağmurlara. İlla ki denk gelmişsinizdir. Hatta o kadar sert ve hızlı yağıyordur ki, sesine dahi uyanmışsınızdır eminim. Siz pencereden izlemeye gidene kadar her şey olup bitmiştir bile. Bir çırpıda yağan sağanak yağmurlar gibi hızlı yaşıyoruz şu hayatta. Gösterişte hızlıyız, gıybette hızlıyız, fesatlıkta hızlıyız, fitnede hızlıyız, dua ederken hızlıyız, namaz kılarken hızlıyız. Hızlıyız da hızlıyız işte. Hatta o kadar hızlıyız ki, bizi harama götüren bütün yollarda radarlara yakalanıyoruz.

Sevgili dost. Sıkı sıkı sarıl seni sen yapan şeylere. "Allah!" de ve yürü çünkü ondan daha güzel bir yol arkadaşı bulamazsın. Diğerleri seni hep yarı yolda bırakır, terk edip gider. O ise çıkmazları bile sana yol yapar. O, sana bu yolda asla yük olmaz. Aksine, yükünü hafifletir. Heybeni hep dolu tutar.

Bu yağmurlar bizim için yağdırılıyor.

Biziz bu yağmurların altında sırılsıklam ıslanan.

Biziz yağmurun sahibine sevdalanan...

Gitmekle Gidememek Arasında

Herkesin dilinde var bu gitmek. Kimi hayalindeki şehre gitmek istiyor. Belki bir başına, belki sevdiklerini de yanına alarak. Âşık adam mesela ne yapacak, gitmek istediği yer sevdiğinin yanıdır hep. Herkeste, her şeyde bir gitme isteği. O yüzden, gitmelerden bahsetmek istiyorum biraz. Mutsuz ve umutsuz gitmelerden. Önünü alamadığımız kör gidişlerden. Başını alıp gitmelerden. Belki de bir türlü gidememelerden.

Yanlarımızı ikiye ayırıyorum ben.

Birincisi, "bir yanımız."

İkincisi, "diğer yanımız."

Bir yanımız genelde hep gitmek ister. Yanına almak istediği o üç şeyi hiç düşünmeden hem de. Diğer yanımızsa gidemez. Kalmak ister o. Sorumluluklarımızı, bağlı olduklarımızı, bizi biz yapan şeyleri yüzüstü bırakıp gidemiyor insan. Bir yanımız ceketini alıp gitmek istese de diğer yanımız kalmak istiyor hep. Gitmek meşakkatli iş zira. Gitmek zor zanaat.

Gidemiyoruz işte kardeşim. Kuş olup uçmak isterken, saplanıp kalıyoruz öylece.

Gitmek istemedim değil aslında ama gittiğim de olmadı hiç.

Sonra bir yerde okudum.

İstemek de güzelmiş.

Hem gitmek istesen de nereye gideceksin ki zaten. Sabah sekiz akşam 6. Kravatlarımızı sıkmaktan gidemiyoruz ki bir yere. "Ev, servis durağı, iş" döngüsü dışında ufak ufak kaçışlar yapabilsek hiç olmazsa. Herkes yapabilsin ama. Nereye gitmek istiyorsa, kiminle ne yapmak istiyorsa onu yapabilsin. Kış düşmüş bir köyün sessizliğinde, ellerinde ve yüzlerinde o içimizi ısıtan çizgiler taşıyan insanların yanına. Yalnız kalmak istediğinizde kaçıp kaçıp gittiğiniz yere gidin ya da. Hiç kimselerin bilmediği o çay bahçesinde bir başınıza için çayınızı. Böyle olmalı şehirden kaçışlarımız. Cayır cayır tüten sobanın dibine yumulup, elleri kınalı kadının size sobanın üstünde kestane kızartması kadar güzel bir şey yok benim için. Hem mutlu olmak için yanına alman gerektiğini düşündüğün üç şey falan da yok öyle. Kendisi yetiyor insana. O zaman her şeyi de yanında götürmüş oluyorsun zaten.

Ahh... Ne çok istemişimdir başımı bir otobüsün camına emanet edip uzaklara gitmeyi. Çok sordum, çok aradım ama kimseler bilmiyor bu uzakları. Biliyorum sevgili okur. Benim gibi sen de gitmek istedin. Ama biz o uzakları bulamadık işte. Bulsak da o kötü insanlar oraları da istila etmiş. Biz de o kötü insanların içinde hiçbir zaman onlara benzememeye yemin etmiş birileri olarak gidemedik. Gitmek istemedik belki de. Ne kadar çok istesek de birleri, ya da bazı şeyler bizi buralara bağladı. İş, güç, ailemiz, alışkanlıklarımız...

Neden herkes siyah takım elbiseli abilerin hep halihazırda belinde taşıdığı silah gibi taşıyor bu gitmeleri. Gitmelerin gidememelerden çok olduğu bu dünyada her şey o kadar ortada ki. Birilerine güveniyorsun. Birileri giriyor hayatına. Bir sofraya oturururcasına, bir ekmeği bölüşür gibi yüreğini açıp derdini emanet ettiklerin, can bildiklerin, acıyı da mutluluğu da birlikte yaşadığın o insanlar siyah takım elbiseli abilerin yaptıklarını yapıp hemen beline sarılıyor. Sırtımızı yasladıklarımız çekiyor bize o gitmek denilen silahı.

Bunca gidenlerin arasında hiç gitmeyecek olana hamdolsun.

Hayatta başıma gelen en güzel şeylerden biri de günahsız bir çocuğun kalbinde dolu dolu yer edinmek. Bir insanın başına gelebilecek en güzel şeylerden biri bence. Çok başka bir şey o. Gerçekten, çıkarsız, karşılık beklenmeden sevildiğinizi bilmek. Tertemiz, saf duygularla. Size aşkla bakan o günahsız ama bir yandan da her şeyiyle samimiyet kokan bakışlar. İki kolunu yana doğru açıp tüm kalbiyle, "Ben seni bu kadar seviyorum," demesi bütün sevgi sözcüklerinin üstündedir belki de.

Bilir misiniz,

Çocuklar sevdikleri insanları terk edip gitmezler.

Çünkü onlar o büyük insanlara özenmezler hiçbir zaman.

Yaraladıkları yoktur onların, yaralarını sardıkları insanlar vardır.

Gitmek istiyoruz bazen. Nerede mutlu olacaksak oraya. Çocukluğumuzun kaldığı sokaklara, gülüşlerimizin değdiği fotoğraflara, kursağımızda takılı kalmış mutluğumuza. Evet, gitmek istiyoruz biz, en çok da sevdiklerimizin yanına.

Ceketini alıp gidenlere özensek de, hiçbir şey olmamış, yaşanmamış gibi başını alıp gidenler için de gidememelere eyvallah dedik biz. Kaldık herkes gibi olan insanlar arasında, herkes gibi olmayan biri olarak.

Çünkü gidemeyenlerdeniz biz.

Kalıp mücadele edenlerden.

Evet, gidemeyenlerdeniz biz.

Diğer yanımızın sözünü dinleyenlerden.

Bütünlemesi Olmayan Sınav

Fatih Sultan Mehmet Han'ın da dediği gibi, "İnsanlara dinin nedir, namaz kılıyor musun, oruç tutuyor musun, gibi, Allah'ın soracağı soruları sormayın. İnsanlara, aç mısınız, bir şeye ihtiyacınız var mı, bir sorununuz var mı gibi kulun kula soracağı soruları sorun."

Müslüman bir ülkede insanlara "Namaz kılıyor musun?" diye soru sormaya öylesine utanıyorum ki. Size de oluyor mu? Âşık olduğunu bildiğiniz birine bile bile hâlâ âşık mısın diye sormak kadar saçma geliyor bana. Her an ölebileceğini bildiği halde insanlığın kendisine söylediği en büyük yalan, "Aman ya ne olacak sonra kılarım,"dır. Bu ülkede, Batı namaz kılmaya kalksa alnını secdeden kaldırmayacak milyonlarca insan tanıyorum, peygamber efendimizin, sahabelerin örnek hayatları dururken Batı'yı kendilerine rol model edinmiş insan güruhları. Namaza başlamak mesele değil ki zaten, başladıktan sonra ömrünün sonuna kadar bırakmamaktır mesele. Hem unutma, herkes yürür, önemli olan düşmeden yürümek.

Hayatımızın vazgeçilmezleri arasına kendini altın harflerle yazdıran telefonlarımız çalıştığımız yerlerdeki üst yönetim tarafından yasaklandığı taktirde bu yasağa istemesek de gönülsüz bir şekilde uyuyoruz değil mi kardeşim? Mecbur bırakılıyoruz hatta. Çalıştığımız yerlerdeki üst yönetimlerin de üstünde biri var be evlat. Peki ya onun getirdiği yasaklar? Yapmamızı istedikleri şeyler? Onlar ne olacak?

Büyükleri bilirsiniz, eski toprakları anlayacağınız. Onlara göre her şey zihin açar, "Yiyin çocuğum yiyin, zihniniz açılsın," der dururlar. Yediğimiz şeylerin zihin açtığına inanıyoruz da namazın ruhumuzu açtığına neden inanmıyoruz? Daha doğrusu neden inanmak istemiyoruz? İnansaydık kılardık değil mi sevgili dost? İnsanların inandıkları şeylerin peşinde koşmaları gerektiğini düşünüyorum. Savunacak bir davası olmasını gerektiğini, bir şeyleri kendilerine dert edinmeleri gerektiğini. Bilmem bana katılır mısınız?

Bayramlarda seyranlarda, kandillerde süslü süslü kelimelerle allayıp pullayıp sevdiklerimize yolladığımız kısa mesajlarla, İslam'ın beş şartını bilmekle, kupkuru bir dil ile "Evet, bir Allah var," deyip sadece vicdanını rahatlatmış olmakla, cumadan cumaya namaz kılmakla, Ramazan aylarında bedenimizi kuru kuruya aç bırakmakla Müslüman olunmaz kardeşim. Hiç unutmuyorum, yıllar önce anca aklıma esince ya da büyüklerin zorlamasıyla namaz kıldığım dönemlerin biriydi. Ramazan ayında dedem namaz kılmadığımı görünce o kadar kızmıştı ki bana. Ben de bana kızdığı için o çocuk aklımla dedeme kızmıştım tabii. Kızmaktan ziyade üzülmüştü aslında beni içinde bulunduğum gaflette gördüğü için. Gerçi şimdi daha iyi anlıyorum onu. İyi ki kızmış diyorum.

"Oğul, komşunun şu ahırını görüyor musun?" demişti beni pencerenin önüne çekerek, harabe bir binadan farkı kalmamış, ayakta güç bela durmaya çalışan ahırı göstererek.

"Evet, dede," dedim yüzümde acaba ne demeye çalışıyor gibilerinden şaşkın bir bakışla ve bir o kadar da dikkatli bir şekilde.

"Hehh... İşte oraya eşeğin birini bağla, sabah akşam yemek, su verme, öyle orucu o da tutar oğlum. Önemli olan ruhu aç bırakmamak. Beden bir şekilde götürür kendini. Ama kalp ve ruh öyle değil ki, çiçek gibidir onlar. Sulamazsan kurur. Haliyle içine çektiğin kokudan da bir şey anlayamazsın. Kurban olduğum hadi kalk da namaz kıl. İçine çektiğin kokunun bir hükmü olsun," demişti koca bi' çınar ağacı gibi her şeyi herkeslerden koruyan o adam. Verdiği örnek o kadar tokat niteliğinde bir cevap olmuştu ki bana. Bağırıp çağırarak, "Kalk namaz kıl!" demek yerine adeta bir pedagog gibi böyle bir örnekle açıklamıştı başıma gelebilecek olan şeyleri.

Tehlikenin kapıya dayanmasını geçtim. İçeri girip yerleşmiş bile. Bizden biri olmuş artık. Yabancı şarkıları ezbere bilip namaz dualarından bîhaber yaşayan yeni bir nesil yetişiyor. Tamam, ezberlemesine karşı değilim ama her şeyin bir önceliği olduğuna inanıyorum. Bir binanın içerisindesiniz ve o binadan çıkabilmeniz için açmanız gereken on kapı var ama hepsi birbirine bağlı. Yani birinci kapıdan çıkmadan kurtulmak için direkt olarak üçüncü kapıdan ya da dokuzuncu kapıdan çıkamazsınız. Her şeyin bir sırası var. İkinci odaya geçebilmek için önce birinci kapıyı, üçüncü odaya geçebilmek için de önce ikinci kapıyı açmak gerekir. Bu zincir böyle onuncu kapıya kadar devam eder. Anlatmak istediğim şey tam da bu aslında. Öbür tarafta bize Rihanna'nın ezbere bildiğimiz şarkılarını sormayacaklar.

Kıldın mı?

Okudun mu?

Tuttun mu?

Diyecekler.

İslam'ın bile özetinin öğretildiği dünyada, aklıma kötü kötü düşünceler geliyor. İnsanlar bir gün bu sorularla karşılaşmayacağını düşünerek yaşıyorlar. Korkuyorum. Ya sınav kâğıdını boş verirsek? Hem de öyle bir sınav ki, sınavın bütünlemesi yok.

Sevgili kardeşim, sonsuz bir ömür karşılığı baki bir ömür geçirdiğimiz şu dünyada ömrünü, ömrü veren için harca. Nokta.

Hayatımızdakilere

"İyi ki varsın" cümlesini hakkıyla karşılayan adamlar vardır. Hani oturdu mu bir masaya hakkını veren bir çay içmenin. Baktı mı gözlerinin ta içine yaralarını gören dostlar. Ve o yaraya merhem olmaya çalışan.

Dost dediğin insana o hiç kimselere anlatamadığın dertlerini anlatabilmelisin mesela. Hiç kimsenin tenezzül etmeyeceği derdini can kulağıyla dinleyebilmeli. Eksik yanını tamamlayabilmeli, gidemeyen o diğer yanına yoldaş olabilmeli dost dediğin. O an, en zor ânında yanında olamasa bile hayatında olduğunu bilmek bile huzur vermeli insana. Uçamadığında kanatlarını çıkarıp sana verebilmeli dost dediğin. Yani kendinden vazgeçebilmeli. İki ayrı kişi değil, tek bendende iki kişi olabilmelisin dost dediğin insanla. Öyle ki, bazen sana bakması bile içindeki derde su serpebilecek kadar yetmeli.

Aynı davaya baş koyduğun, aynı gökyüzünün altında yağan yağmurlarda beraber ıslandığın dostlar. Bir roman yazmaya kalksan baş karakter yapacağın, geceleri içine batan cümleleri sabah kalktığında bir bir anlatabileceğin bir dost. Omuz omza namaz kıldığın, yanındayken zamanın nasıl geçtiğini anlamadığın, derdini seninle sırtlanan, düştüğünde elini uzatan ve gerekirse seninle beraber düşen, umudunun tükendiği zamanlarda Yusuf misali düştüğün kuyudan çıkaran, gecene gündüz olmaya çalışan bir dost.

Bazen annen,

Bazen baban,

Bazen öğretmenin,

Bazen kardeşin.

Ve her şeyden de öte bazen sen olan.

Bazı adamlar vardır, ne yazsan, ne söylesen, nasıl anlatmaya kalksan hep eksik hissedersin.

Ki o adamlar kelimelerin kifayetsiz kaldığı kimselerdir. O adamlar iyi ki varlar be kardeşim.

Sen, evet sen, iyi ki varsın.

Bir dostum var benim, bir de elimde, muhabbete dalıp unutulmuş, masanın köşe başında soğudukça acılaşmış çayım.

Ama o, dost öyle biri ki, elimdeki acılaşmış çayı bile muhabbeti tatlandırıyor. Şu dünya mağarasındaki Ebu Bekir'im.

Çayı tatlandıran içindeki şeker değildir.

Kiminle içtiğindir. Bazen bir kitapla, bazen bir insanla. Bir de yalnızlığınla tabii.

Bence çayın da bir ruhu var. Hatta ruhunun o sıcacık içimizi ısıtan dumanı olduğunu düşünüyorum. İşte o yüzdendir, soğuyunca acılaşıyor.

Not: Sevgili Dost. Dost bildiğin insana mektup yazmak istersen diye sonraki iki sayfayı sana ayırıyorum. Yazmaktan sakın korkma. Çünkü kelimeler güzelleştirecek bizi. Okuduklarımız. Okuyup da yaptıklarımız.

Marketin Sahibi

Bir dizi oyuncusu, bir sahneyi dizinin yönetmeninin istediği gibi oynarken ya da yönetmen filmi senaristin yazdığı doğrultuda çekerken, yani birileri istedi diye bir şeyleri yaparken, ki bu kişiler bizim gibi insan, biz neden her şeyi yoktan var eden Allah'ın istediği gibi yaşamıyoruz diye soruyor insan kendine. Sormalı da.

Öyle bir marketin içindeyiz ki kardeşim, alışılagelmişin dışındaki o indirim kampanyalarından da farklı bir indirim kampanyası var burada. Hiçbir menfaat beklenmeden her şey yüzde yüz indirimde. Hem marketin sahibi öylesine bonkör ki, marketten çıktığımızda bu dünyada bize bedava dağıttıklarının üstüne, yetmezmiş gibi, cennet gibi sonsuz bir yer ikram ediyor. Madem benden alışveriş yaptın, öyleyse aldıklarını benim himayemde, sana hazırladığım yerde sonsuza kadar sevdiklerinle dilediğince harca diyor.

Geçenlerde sıradan bir markete çay almak için gittiğimde dikkatimi çeken bir şey oldu; hanım teyzenin biri torbalar dolusu alışveriş yapmış. Aldıklarını kasadan geçirirken bir çalışan geldi,

"Teyzeciğim, eğer arabanız yoksa siparişlerinizi marketimizin aracıyla evinize kadar götürebiliriz dilerseniz," dedi.

O hanım teyze de, "İyi güzel evladım da şu an arabanıza verecek kadar para yok yanımda. Hepsini alışveriş yaparken harcadım," dedi.

Teyzenin sözü üzerine görevli adam, "Yok teyzeciğim, beni yanlış anlamışsınız. Bu bizim marketimizin bir kampanyasıdır. Burada alışveriş yaptığınız için aldıklarınızı ücretsiz olarak evinize kadar biz götürüyoruz," dedi son derece açıklayıcı bir şekilde.

Bu diyaloğa şahit olunca kendi kendime, ulan Fatih dedim, bir insan, bir insana sıradan bir markette dahi böyle menfaatleri doğrultusunda kampanya yaparken, bu marketin asıl sahibi Allah alışverişimiz bittiğinde bize ne güzellikler yapmaz.

Kimden alışveriş yaptığını bilmeli insan.

Alışveriş bittiğinde kasada kime hesap ödeyeceğini unutmamalı.

Hem o kasa öyle adaletli ki, fiş almazsak fiyattan düşmüyorlar.

Ya Hu! Sana hamdolsun.

İyi ki varsın.

Kitaba Bakmak Serbest

Bazı şeylerin mesajlaşarak çözülemeyeceğini düşünüyorum. Yazmakla da çözemezsiniz. Bazı şeyleri mutlaka konuşarak anlatmak gerekir. Derdini, tasanı, sevincini... Neyse artık. Ama bazı şeyler de vardır ki konuşmakla da çözemezsin. Hissetmen gerekir. Kitaplar dolusu yazsan da, saatlerce hiç susmadan konuşsan da anlatamazsın derdini. Karşı tarafın seni hissetmesi lazımdır. Kitap okumayan insanlar hep eksik gelmiştir gözüme. Onlar ne konuşabilir, ne de konuştuklarınızı ya da yazdıklarınızı hissedebilirler. Bu kadar eksik kalmış insanlar arasında sıkı sıkı sarılmak lazım bize doğru yolu gösteren o kitaba, o kitabın içinde yazılanlara.

Sevgilimizden gelen bir mesaja daha saniyesi geçmeden o hızla açıp bakıyorken, haftada bir kez yayınlanan bir dizi için gün sayarken neden 1400 yıl önce bizlere yol göstermek için gönderilen bir kitabın içinde yazılanlara bakmıyoruz? İçinde yazılanları neden hissetmiyoruz?

Boş zamanlarında kitap okuma, kitap okumak için boş zaman ayır...

Araştırmıyoruz. Her şey o kadar basite indirgenmiş ki, bir devrin Google abileri olan ansiklopediler tozlu raflarda müebbet yemiş adeta. Elimizde telefonlar var artık. Dünyayı cebimizde taşıyoruz yani. Neyi aradığını, ne istediğini yazıyorsun, bir tıkla çıkıyor artık karşına. Az biraz sayfa çevireyim, kitap kurcalayayım yok. Edebiyat öğretmenin sana bir roman adı verip onu okumanı ve sonrasında özetini çıkarmanı istiyor ama sen bir tıkla internette hali hazırda bulunan o romanın özetini çıkartıp öğretmenin önüne koyuyorsun. Bunun için mi var teknoloji? Kütüphanelerdeki, "Lütfen sessiz olun" yazısı kaldırıldı duvarlardan. Bir şehir kütüphanesinin önünden geçtiğinizde içeride görevlilerden başka kimseyi görmediğinizde anlayacaksınız beni.

Teknoloji gün geçtikçe ilerliyor. Bugün aldığımız şeyin yarın bir üst modeli çıkıyor. Tabii hal böyle olunca da, "Bana ne ya ben bunu istemiyorum bunun bir üst modeli çıkmış," denip iş Cem Yılmaz'ın esprisine dönüyor. Hayatımıza kattığı şeyler de var tabii. Hareketler mesela. Birilerinin resimlerini büyütüyoruz telefonlarda. Teknolojiye karşı olduğumu düşünmüş olabilirsiniz. Hayır değilim. Sadece böylesine hızlı gelişen bir teknolojiyi çok yanlış kullandığımızı düşünüyorum. Daha doğrusu o bizi kullanıyor.

Teknoloji, üzerinde sürekli konuldukça büyüyen bir şeydir. Sürüm üstüne sürüm.

İphone'larımız var bizim. En son kaçı çıktı bilmiyorum. Adama soruyorsun, "Sende neden yok?" diye, "Abi sekizi çıkacakmış ben onu bekliyorum," diyor. O kadar oldu mu yahu? Bende hâlâ beşi var.

Günler öncesinden insanları o teknolojik ürünlerin satıldığı yerlerde sıraya sokan her neyse onu bulup namaz için kullanmalıyız. Bir üst modelini almak için sergilediğimiz hevesi başka şeyler için sergilesek keşke. Ama öyle olmuyor işte. Gösteriş her şeyin üstüne geçiyor bizde. Çıkarıp masaya koymazsan olmaz çünkü. Ah ulan Steve Jobs, yatacak yerin yok senin.

Sevdiğimiz o diziler, yayınlanacağı gün hayatımızın odak noktası haline geliyor. Öyle değil mi kardeşim? Evet, öyle. Hem de öyle bir hale geliyor ki, televizyonun karşısında gözlerimizi dahi kırpmıyoruz. Geçenlerde bir akrabam, "Falanca diziyi izliyor musun Fatih?" dedi.

"Hayır abi," dedim izlemediğime hiç de pişman olmamış bir şekilde.

"Nasıl izlemezsin ya öyle bir diziyi? O gün geldi mi televizyonun kumandası sadece bende oluyor. Evde çıt çıkmaz. Çocukları sustururum. Hatta bazen hanımla çocukları komşulara yolluyorum o gün," dedi gayet pişkin ve yaptığından son derece memnun olmuş bir biçimde.

Yalandan bir dizi için hayat dururken ahiretini yalan etmek neden be kardeşim? Aklım almıyor. Ah şu önceliklerimiz. Neye öncelik vereceğimizi bilmiyoruz, nasıl kullanacağımızı. Bir diziye ayırdığımız üç saatin günde sadece bir saatini namazımıza ayırmak bu kadar zor mu? Bir futbol derbisi maçı sonrası o maçta yaşananlardır, atılan gollerdir, ofsaytlardır, hakemin verdiği yanlış kararlardır, oyuncu değişiklikleridir, yapılan faulleridir, maç öncesi ve sonrası futbolcuların yaptıkları konuşmalardır. Dır dır da dır... Günlerce sanki başka hiçbir işleri yokmuş gibi televizyonlarda bas bas konuşulurken 1400 sene önce başlayan bir davayı, bir derbi maçını dertlendiğimiz gibi neden dertlenmiyoruz? Üniversite seçme sınavlarına gireceğimiz günün önceki akşamı gözümüze uyku girmezken, kabrin öteki tarafındaki asıl sınav için neden kılımız kıpırdamaz? Kitaba açıp bakmak serbest olduğu halde bir kez olsun bakmamamıza rağmen hâlâ neyimize güveniyoruz? Okusaydık demeyeceğim, okuyup yazılanları hissetseydik herhalde böyle olmazdık.

Allah başkasının hesabını bize sormayacak. Bizim hesabımızı da başkasına sormayacak. Bizi bize soracak. Kitaba açıp bakmanın serbest olduğu bir sınavda o sınavdan kalan tek canlıya insan diyorum ben.

Hepimizde Bir Emanet Var

3 Nisan: Bugün var edildim. Buradayım. Varım. Müthiş bir duygu bu. Var olduğumu henüz annem ve babam bilmiyor. Bir elma çekirdeğinden bile küçüğüm. Ama ne de olsa, ben benim. Varım ya! Bu bana yetiyor. Henüz bedenim belli belirsiz, yüzüm yok ama, varlığımı ve benliğimi hissedebiliyorum. Bir erkek olacağım ve kışın en sevdiğim oyun kardan adam yapmak olacak.

17 Nisan: Biraz büyüdüm. Kımıldamam mümkün değil. Annem henüz farkında değil ama onun kanıyla besleniyorum. Kalbini dolaşıp gelen sımsıcak kan bana geliyor. Beni sevecek bir kalbin kıpırtılarını şimdiden hissediyorum. Annem beni çok sevecek. Annem için güzel bir sürpriz olacağım.

21 Nisan: Hiç göremediğim bir el ağzımı biçimlendirmeye başladı. Dudaklarımda onun dokunuşunu hissediyorum. Bu "el"in dokunduğu yerler dudağım, damağım oluyor. Düşünün, bir yıl sonra bu elin dokunduğu yerde tebessümler açacak, güleceğim. Dudağımdan ve dilimden sözler dökülecek. Herhalde önce "Anne!" diyeceğim. Anne, duyuyor musun beni? Seninle konuşacağım. Sana güleceğim. Kimilerine göre hâlâ var değilmişim. Nasıl olur? Varım ve gülücükler sunacak dudaklarım da olmak üzere. Hem sonra bir ekmek kırıntısı ne kadar küçük olursa olsun, yine ekmektir. Öyle değil mi anneciğim? Ah bir konuşabilsem!

25 Nisan: Bugün pek mutluyum. İçimde tatlı bir kıpırtı başladı. Artık bir kalbim var. Kalbim atmaya başladı. Hayatım boyunca böyle atıp duracak. Sevgilerle dolduracağım kalbimi. Tıpkı anneminki gibi. Annem bedeninde iki kalbin birden atmaya başladığını bilseydi ne kadar sevinirdi. Duyuyor musun anne?

2 Mayıs: Her gün biraz daha büyüyorum. Kollarım ve bacaklarım da biçimlenmeye başladı. Hele bir büyüsün kollarım bak nasıl kucaklayacağım seni anneciğim. Şu ayaklarım da tamamlansın da beraber çiçekli bahçemizde yürürüz. Belki birlikte okula gideriz.

12 Mayıs: Ah evet. Bunlar, bunlar ne kadar sevimli ve küçük şeyler. Aman Allah'ım parmaklarım da çıkmaya başladı. Bunlarla çiçek toplayacağım, annemin elini tutacağım, kalem tutacağım. Belki de güzel bir şiir yazacağım. Anneciğim, orada mısın? Ellerimi ellerinin arasına koymak için sabırsızlanıyorum.

20 Mayıs: Oh, nihayet. Annem doktora gitti. Burada olduğumu öğrendi. Yaşasın! Doktor teyze özel bir cihazla gördü beni. Ultrason diyorlarmış. Resmimi bile çekti. Sevinmiyor musun anneciğim? Seneye kalmaz kollarının arasında olacağım.

21 Mayıs: Artık babam da burada olduğumu biliyor. Fakat henüz erkek olduğumun farkında değiller. Onlara sürpriz yapacağım.

15 Haziran: Bugün yüzüm tamamlandı. Artık iki güzel gözüm, bir küçük burnum, dudaklarım ve yanağım var. Anneme benziyorum galiba.

26 Haziran: Artık çevreme bakabiliyorum. Etrafım çok karanlık ama olsun. Yine de mutluyum. Yaşıyorum ve varım. Kısa bir süre sonra gün ışığını görebileceğim, renkleri ve çiçekleri tanıyacağım. Rüyamda gördüm. Dünyada yağmur diye bir şey varmış. Onu çok merak ediyorum. Anneciğim, babacığım sizin yüzünüzü de göreceğim. Tanışacağız. Mutlu olacağız. Gülüşeceğiz.

6 Temmuz: Anne, bu içinde bulunduğum yerde ilk defa bugün tekme attım sana. Kafamı da salladım hatta ama sen hissetmedin bunları. Hissedebileceğin günü sabırsızlıkla bekliyorum. Kim bilir ne kadar mutlu olacaksın. O heyecanla koşup babama haber vereceksin, "Oğlumuz bugün ilk kez tekme attı," diye. Bu arada unutmadan, bugün parmak izlerim oluşmaya başladı. Beni buraya sebepler zinciri içinde gönderenin bir tanesi olduğunu anladım bugün. Benden bir tane daha olmayacak gideceğim yerde. Ben, beni yaratanın bir tanesi olacağım.

20 Temmuz: Yediklerine dikkat et anne. Artık yediklerinden ben de nasibimi almaya başladım. Bu tatları az da olsa hissedebiliyorum. Bugün bu karanlık yerde ilk defa sesini duydum. Bir ışık oldu bana. İçimde bir umut yeşerdi. Yanınıza gelmek için sabırsızlanıyorum. Kim bilir siz nasıl heyecanlısınızdır.

25 Ağustos: Beni sakın merak etmeyin. Burada keyfim gayet yerinde. Cildimi bir madde kapladı bugün. Neye benzediğini bilmiyorum. Bir insan birkaç saat bile su içerisinde kaldığında cildi buruşmaya başlarken, cildimi saran bu madde sayesinde cildimde buruşma olmayacak. Bir görebilseniz anne. Beni buraya koyan bana öylesine bakıyor ki, öylesine koruyor ki başıma gelebilecek kötü olan her şeyden.

18 Eylül: Konuştuklarınızı duymaya başladım. Etraftaki sesleri, sizin seslerinizi. Babamla ne kadar heyecanlı olduğunuzu anlatıyordunuz birbirinize. Geçen gece bana aldıklarını anlattın babama. Erkek olacağım için her şeyim maviymiş sanırım. Hepsini o kadar merak ediyorum ki. Mavinin nasıl bir şey olduğunu, bana aldıklarınızın neye benzediğini. Göz kapaklarım da artık tamamen açıldı. Etraftaki yoğun ışıkları

görüp kafamı o yana çeviriyorum, hissediyor musun? Oldukça da büyüdüm. Babamın ve senin sesini tanıyabiliyorum artık. Babam karnına kulağını dayasa kalp atış sesimi duyması mümkün.

29 Ekim: Keyfime diyecek yok valla. O kadar rahata alıştım ki burada, günümün yüzde doksanını uyuyarak geçiriyorum. Boyum 46 cm oldu. 2400 gramım. Bulunduğum yerde neredeyse hareket edebileceğim alan kalmadı bana. Bu çocuk beni neden artık tekmelemiyor diye sakın korkma anne. Dedim ya, burada bana fazla alan kalmadığından hareket etmekte güçlük çekiyorum.

15 Kasım: Beni yaratan hiçbir şeyden noksan bırakmadı. İki elim, iki ayağım, iki gözüm, iki kulağım, burnum, ağzım, kalbim, ciğerlerim, kemiklerim... Başlı başına bu beden kusursuz bir şekilde ince ince kudretli bir el tarafından işlendi bulunduğum bu yer içinde. Adımı ne koyacaksınız acaba? Ya da büyüyünce kime benzeyeceğim? Anne, sekiz ay oldu beni bedeninde taşıyorsun. Hakkını nasıl ödeyeceğim senin? Bir kere olsun ah etmedin. Şikâyetçi olmadın. Aksine şükrettiniz beni size verecek olana. Duydum o gözyaşlarıyla ettiğin duaları. Seninle birlikte ben de "Âmin" dedim o dualara, "Âmin" deyişimi duydun mu anne? Geleceğim yere gelebilmem için sebep oldunuz bana.

31 Aralık: Artık oldukça büyüdüm. O kadar alıştım ki buraya. O yüzden burada az daha kalırsam sanırım iyice kilo alacağım. Üzerimde anlam veremediğim tüyler vardı, onlar da yok olmaya başladı bugün. İçimden bir ses burada geçirdiğin zamanın sonuna yaklaştık artık diyor. Öyle sabırsızlanıyorum ki yanınıza gelmek için.

"Allah'ım, dünyaya gideceğim ve orada ne yapacağımı bilmiyorum."

"Ben senin için bir melek yarattım, o seninle ilgilenecek."

"Allah'ım, ben onların dilini bilmiyorum, onlarla nasıl konuşacağım, iletişim kuracağım?"

"Senin için yarattığım melek sana onların dilini öğretecektir."

"Allah'ım, duyduğuma göre dünyada çok kötülük varmış; onlarla nasıl başa çıkacağım?"

"Senin için yarattığım melek seni onlardan canı pahasına koruyacaktır merak etme."

"Allah'ım, sana tekrar nasıl döneceğim?"

"Senin için yarattığım melek bana nasıl döneceğini sana anlatacaktır."

Derken melekler gelir ve dünyaya gitmenin zamanının geldiğini söylerler...

Melekler bebeği Allah'ın huzurundan alırken bebek son kez sorar:

"Allah'ım benim için yarattığın meleğin adı ne?"

"Adının önemi yok ama sen ona ANNE diyeceksin."

1 Ocak bugün. Yarın doğacağım. Beni bekleyen birileri varmış. Annem ve babammış onlar. Ruhlar âleminden dünyaya, onların yanına sürgün yiyeceğim yarın. Gözlerimi açtığımda dünyada göreceğim yarın kendimi.

Evet, vakit geldi. Bugün 2 Ocak. Sürgün yedim. Bugün bir emanet teslim edildi bana. Bir gün bunu benden tekrar geri alacak tek biri bir emanet verdi bana. Tek kullanımlık. Buralarda üşür müyüm bilmiyorum ama doğduğumda yağmur yağdı. Etrafta bana benzeyen koca koca insanlar var. Herhalde ilerde ben de onlar gibi koskocaman olacağım. Hepsi bana bakıyor. Şu yakışıklı olan Babam olmalı. Biri bir şey okudu kulağıma. İçlerinde en yaşlı olanı. Dünyada duyduğum ilk sesti bu. Sonra bir ses daha üç defa arka arkaya, "Senin adın Fatih, senin adın Fatih, senin adın Fatih" dedi. Adımı çok sevdim. Anlamı ne acaba? Ya da daha önce kimin adıydı ki bana da bu adı verdiler?

Annemden ayırdılar beni. Ağlıyorum. Babam camın arkasından benim ağlayışımı gördüğü için içi kan ağlıyor. Görüyorum ama onlar bütün bunların farkında değil. Annemin kokusu kendisi gibi, o kadar güzel ki. Sevim'miş adı. Babamla nasıl tanıştılar acaba? Babam bu gece yanıma geldi, öyle uzaktan ama. İlk defa "Oğlum," dedi bana bugün.

Üzerinde beyaz kıyafetleri olan abiler, "Bu çocuk yaşamaz," diyor, söylediklerinden çok eminmişçesine. Anne, bana bu taktıkları şeyler de ne böyle? Annem beni duymuyor. Daha on beş günlüğüm ulan nereye hapsettiniz beni? Anne... Anne. Üşüyorum. Beni buraya gönderen kimse koruyan da o biliyorum ama. Anne ve baba dediklerim sadece birer sebep. Biri var, emirber bir nefer gibi onlara başımda nöbet tutturan.

Haftalar geçti... Etrafımda telaşlı bir şekilde dönen insanlar var. Durumum kötüleşiyor. Ziyaretime gelip gidenlerin dışında annem doğduğum günden bu yana başımdan ayrılmıyor. İçinde bulunduğum bu yer annemin kokusunu hissetmeme engel olamıyor. Kokusu güç veriyor sanki bana. Arada halime üzülüp ağlıyor ama. Emaneti veren, emanetin dermanını da verdi. Haftalardır içinde bulunduğum bu yerden çıkardılar beni. Kuvözmüş adı. Hiç sevmemiştim zaten. Büyüdüğümde yalnızlığı sevmemin sebebi haftalarca o kuvözün içinde bir başıma kalmam olmuş olacak sanırım. Annemin kucağını özledim ben. Benim memleketim orası. Büyüyünce "Nerelisin sen?" diye soranlara, "Annemin kucağılıyım" diyeceğim. Söylediğinden çok eminmiş gibi o beyaz kıyafetli abi, "Bu çocuk yaşamaz," diyordu emanetin sahibini hesaba katmadan.

Kat kat bir şeyler sardılar üstüme. Birden niye bu kadar sıcakladım acaba. Herhalde üzerime sardıkları bu şeyler beni sıcak tutuyor. Babam beni kucağına aldı. Dünyaya ilk defa gözlerimi açtığım bu yerden gidiyormuşuz artık. Evimize. Biri var ama. Bana dokunmaya korkan biri. Benden neden kaçıyor bu abla? Bana bakıp neden ağlıyor? Adımı neden hiç söyleyemiyor? Konuşamıyor mu yoksa? Yo... Babamla konuştuğunu duymuştum aslında.

Biraz büyüdüm. Yürüyebiliyorum artık. Biraz düştük kalktık ama olsun, üzerime titreyen o insanlar her defasında kaldırdı beni düştüğüm yerden. Aylar sonra o abla kucağına aldı beni. Büyük halammış meğer. Bana öylesine uzak davranmasının sebebi, adımı dahi hiç söyleyememiş olması, doğan oğlunun hayatını yeni kaybetmiş olmasıymış. Oğlu hayatını kaybedince, yani bana emaneti veren onu yanına alınca halamın o ölen çocuğunun adını vermişler bana. O da o acıyla aylarca adımı söyleyememiş işte. Ne mutlu halama ve ailesine ki, emaneti veren daha bebekken yanına aldığı o emanetçiyi ailesine göstermek için, tutup onu cehenneme götürmeyeceği için, halamı ve ailesini, sırf o emanetçi için cennette kavuşturacak.

Gelip gidenler yanağımı sıkıp durmasalar... Hepsi iyi insanlar aslında. Gece yarıları uyandırıp duruyorum annemi ve babamı. Beni buraya gönderenin ardımdan gönderdiği rızkımı istiyorum annemden. O kadar güzel ki... Tam şu an bana lazım olan her şey var o rızkın içinde.

Ulan küçücüğüm ama hepsini nasıl da parmağımda oynatıyorum. Öyle değil ama işte. Emanetin sahibi onları sebep kılıp başımda pervane gibi döndürüyor. Tir tir üzerime titretiyor. Büyümeye çalıştıkça anlıyorum bana bu emaneti verenin beni ne kadar çok sevdiğini. Ama bütün bunlar boşa olmamalı. Bu sürgünün bir gayesi olmalı elbette.

Emanetin sahibini tanımak.

Emaneti de, onun istediği doğrultuda onun yolunda harcamak.

Nasıl ki birisine kullanması için verdiğimiz bir eşyayı işi bittiğinde o kişiden geri alıyoruz. İşte aynen öyle kardeşim. Bu elbiseyi bize kim giydirdiyse, bir gün çıkaracak olan da yalnızca odur.

Elbisene iyi bak. Bazı günahlar vişne lekesi gibidir çünkü çıkmaz. Ama dert etme. Tövbe kapısının geçiremeyeceği hiçbir leke yoktur. Sana bu elbiseyi ince ince işleyen kudretli el, o elbiseye değen lekeyi çıkarmasını da bilir elbette. Sen yeter ki git o kapıya.

Şimdi bir iyilik yap kendine. Sana Allah'ı unutturanları unut. Git o kapıya. Allah de, yeniden doğ her Allah deyişinde.

Milenyum Çağı da Neymiş Ya Hu?

"Bizim zamanımızda böyle değildi" ile başlayan cümlelere maruz kalmışsınızdır sanırım. Büyükler çocukluklarını anlatmaya başladıklarında o sözü söylemezlerse olmaz çünkü eksik hissederler.

İlkokul zamanlarımda her gün biri sınıf tahtasının sağ üst köşesine "Gün/Ay/Yıl" şeklinde tarihi mutlaka yazardı. Hatta boyumuz yetişmediği için öğretmenimizin oturduğu koltuğu tahtanın önüne çeker, ayakkabılarımızı çıkarıp, koltuğun üstüne çıkıp öyle yazardık. İlk ders hayat bilgisi olurdu ve o tarih oraya mutlaka yazılırdı. Yazılmalıydı. Sınıf öğretmenimizin takıntısı vardı bu konuya çünkü. Bir gün bir girdik sınıfa, sene olmuş 2000. O kadar tuhaf gelmişti ki gözümüze, 1999'dan 2000 yılına geçince adeta aradan yüz yıl geçmiş gibi hissettik. Aradan geçen sadece bir seneydi ama bize öyle gelmişti işte. Öğretmenimiz, yüzünde yeni bir yıla girmenin verdiği mutlulukla, "Milenyum çağına girdik artık çocuklar," dedi sınıfa girer girmez. Parmağımı kaldırdım. Merak etmiştim çünkü. Bu milenyum çağı dedikleri de neydi? İlk derste havada kalmıştı parmağım. Cevapsız bırakıldı anlayacağınız. Daha doğrusu teneffüste sormam lazımmış ne soracaksam. Ders, derste öğrenilir diyen öğretmenim konuyla ilgili kaldırdığım parmağımı indirtmişti.

Nihayet zil çaldı.

"Hocam," dedim yüzümdeki o şaşkın ifadeyle aklıma takılan soruyu sormak için.

"Hocam değil Fatih, öğretmenim diyeceksin. Hocalar camide,"

dedi. Bu sözü birkaç yıl sonra bir dizide Afet hoca karakterini canlandıran Perran Kutman'ın ağzında duydum. Popüler olmuştu o dönem. Diziyi izlememin tek sebebi, yıllar önce öğretmenimin, "Hoca camide" sözünü aklıma getirmesiydi.

"Peki hocam."

"Bak yine hocam diyorsun. Hoca değil evladım, öğretmenim diyeceksin."

"Peki öğretmenim."

"Hehh... İşte şimdi oldu bak. Söyle bakayım ne sormak istiyorsun?" dedi bana sonunda kendisine karşı öğretmenim dedirtebilmenin verdiği hazla.

"Bu milenyum çağı dedikleri de ne oluyor hocam?"

"Fatih, yarın velin gelsin mi istiyorsun evladım sen?"

"Ne oldu hocam şimdi durduk yere, yine ne yaptım?"

"Sabahtan beri 'hocam değil, öğretmenim diyeceksin' diye uyarmama rağmen dalga geçer gibi ısrarla hocam diyorsun."

"Tamam öğretmenim, bir dahakine dikkat ederim."

"Bir zahmet evladım. Hadi bak arkadaşların oyun oynuyor teneffüsünü değerlendir sen de. Öğretmenler odasına gideceğim ben daha lafa tuttun beni. Derste sorsaydın ya ne soracaksan."

"Tamam hocam, teşekkür ederim."

"Bak hâlâ hocam diyor ya. Fatihhh... Kaybol buradan gözüm görmesin seni."

(Hakkınızı helal edin hocam. Bize, "Ders derste öğrenilir,"

deyip, ders ortasında konuyla ilgili kaldırdığım parmağı indirtip, "Ne soracaksan teneffüste sor Fatih," dediğiniz için o gün bilerek yapmıştım bunu. İmza: Bir türlü anlaşamadığınız öğrenciniz Fatih.)

Yeni yılın ilk dersine geç kaldım. 2000'den sonrasına alışamadım bir türlü. Nedendir bilmiyorum. Soğuk geldi bana hep. 90'larda çocuk olmak başkaydı çünkü. 90'larda eskilerin yeri bir başkaydı. Bu milenyum dedikleri şey kulağıma hiç de hoş gelmemişti zaten. Bir şeyleri bozmaya gelir gibi girdi sanki takvimlerimize. Gelecekte olacak olan o kötü şeylerin bir habercisi gibi bir his doğmuştu o gün içimde öğretmenimiz "Milenyum çağına girdik artık çocuklar" dediğinde.

Aradan yıllar geçmiş. Şimdi sene olmuş 2016. Televizyonu açıp baktığımda, sokaklardaki o günah kokusu her yeri kuşattığında anladım o gün hislerimde yanılmadığımı. Evet kardeşim, 90'larda çocuk olmak buram buram çok başkaydı, kime sorarsanız sorun bunu. Hiç kimse aksini söyleyemez. En güzel yerinde oyunu, tabiri caizse mızıkçılık yaparak bozan çocuk vardı ya hani. İşte o çocuk gibi, milenyum da aynısını yapmaya gelir gidiydi. En güzel oyunumuzu bozmaya gelmişti milenyum. Çocukluğumuzu, insanlığımızı, dünyamızı. Öyle de oldu zaten.

Eskiden, telefon ve bilgisayar yokken ne yapıyordunuz, nasıl vakit geçiriyordunuz, ne kadar sıkıcıdır diyen yeni yetişen nesle cevabım: Bisiklete biniyor, çamurdan köfteler yapıyor, saklambaç oynuyor, çatlak çömlek patlatıyor, kurt ya da kuzu oluyorduk. Kovalambaç, yakan top, yerden yüksek oynuyor, pikniklere gidiyorduk. Birilerine verebilecek bir cep telefonumuz yoktu ki numaramız olsun. İşte o yüzden, buluşmaya söz verdiğimizde bir telefon mesajı ile iptal etmiyorduk. Ödevlerimizi kütüphanede ve gazeteden kuponla biriktirip aldığımız ansiklopedilerden araştırıp yapıyorduk. Annemiz "Hadi yemek hazır" diye çağırdığında, kurt gibi aç olduğumuz halde eve girip oyunu yarım bırakmak istemediğimiz için sokağı inletircesine yüksek sesle "Ben tokum" diye bağırıyorduk.

Küçükken köyde iki üç arkadaş dereye balık tutmaya giderdik her yaz. Öyle süslü tatillerimiz olmadı bizim. Paçalarımızı kıvırıp deredeki suyun yönünü keserdik. Böylelikle elimizdeki kovalarla balığın olduğu o küçük gölü boşaltmak daha kolay olurdu. Su azaldıkça balığın kaçacak yeri kalmazdı artık. Su, saklanacağı kayaların arasından çekildiği için başını sokabileceği bir kaya bile kalmazdı. İşte o balık gibi ruhumuzu köşeye sıkıştırdılar. O derenin suyunu keser gibi ruhumuzun suyunu kestiler. Yaşadığı gölden çıkarılan balığın kıvranışı gibi kıvranıyoruz şimdi. Çığlık çığlığa ruhumuz. Ruhumuz kurumuş susuzluktan. Susuz kalmış. Susuz bırakılmış dünyanın peşinden koşmaktan. Öyle ki, sesini duysak kulaklarımız sağır olacak.

Bu fani dünya bir bebek beşiği gibi mışıl mışıl sallanmaya devam edecek. Ta ki tek biri o beşiğin iplerini kesene kadar. O yüzden, sen sen ol ne beşiğin o mışıl mışıl sallanışına kapıl, ne de ruhunu o ipe dola. Ki beşik dünyanın aldatıcı güzellikleridir, ip ise dünyanın ta kendisi. Siz bayım. Evet evet siz. Size diyorum. Bizim memleketimiz bu topraklar değil. Biz buralı değiliz. Biz bu topraklara emanet olarak bırakıldık. Bizim memleketimiz kabrin öteki tarafındadır.

Sen milenyum çağına değil, Allah'ın dediklerine ayak uydur. Onun dediklerine uy ki İbrahim gibi, atladığın hiçbir ateş seni yakamasın. Selametle.

Akrep ile Kurbağa

Ormanın derinliklerinde, gölün birinde iyi mi iyi bir kurbağa varmış. Herkese yardım etmek istiyormuş bizim bu kurbağa. Bunu da karşılık beklemeden yaparmış. Bizim bu kurbağa iyilik yapacak ya illa, isteyenleri sırtına bindirip gölün karşısına geçirirmiş. Her defasında bıkmadan, usanmadan yaparmış bunu.

Gel zaman git zaman...

Bir gün, bir akrep gelmiş. Kendini acındıran bir ses tonuyla, "Kurbağa kardeş duydum ki sen bu civarda herkese iyilik yaparmışsın. İsteyenleri sırtına alıp gölün karşısına geçirirmişsin," demiş.

Bizim kurbağa da, "Evet, doğru ama seni geçiremem," demiş.

"Neden?" demiş Akrep.

Kurbağa gayet kendinden emin bir şekilde, "Çünkü sen akrepsin, beni sokarsın," demiş.

Akrep, kurbağanın bu sözü üzerine, "Seni neden sokayım ki, seni sokarsam ikimiz de boğuluruz," demiş inandırıcı ve mantıklı bir şekilde.

Akrebin bu sözü kurbağanın aklına yatmış, "Tamam öyleyse neden geçirmeyeyim ki, hadi bin sırtıma," demiş.

Gölün ortalarına geldiklerinde kurbağa sırtında bir acı hissetmiş. Akrebin onu soktuğunu anlamış. Can havliyle akrebe dönüp, "Beni neden soktun?" demiş.

Akrep: "Eee... Kurbağa kardeş benim huyum bu," demiş.

Dümdüz durmak lazım bu hayatta. Dürüst olmak lazım. Hilesiz, hurdasız yaşamak lazım. Bir yanımız hâlâ çocuk bizim. Bir yanımız hâlâ yaramazlık yapmaya müsait. Aslında biz de güzeldik, onlar bakmasını beceremediler. Toprağın üstündekiler dururken toprağın altında yatanlardan sakın korkma kardeşim. Şimdi bir tek kirlenmemiş kalpler lazım bizim kurduğumuz hayallerin yanına.

Günümüzde bir insanı o kurbağa gibi sırtımıza almak başımıza iş açmaktan başka bir işe yaramaz maalesef. Ne yapılan iyiliğin değerini bilirler ne de huylarından vazgeçeler. Bizim iyiliklerimiz kar gibiydi hep, düştüğü yerde eriyen. Biz kime ne iyilik yaptıysak karşılık beklemeden yaptık. Düşene uzattığımız el biz düştüğümüzde bize uzansın diye değil, biz kurbağa olmaya yemin etmiş birileri olduğumuz için uzattık o eli yardıma ihtiyacı olan herkese. Biliyorum sen de o kurbağa gibisin. Şimdilerde ara ki bulasın yüklenip de seni sırtından vurmayan insanları. Dört yapraklı yonca kadar azdır herhalde etrafımızda. İnsan bir kitaba sarıldığında anlıyor ömrü boyunca defalarca sırtından bıçaklanmasına rağmen her ne olursa olsun sırtından vurmayacak olan tek kişinin yalnızca Allah olduğunu. Adeta çorap değiştirir gibi modasının değişti bu dünyada yürüdüğümüz yolda sırtımızdan vuracak birileri değil, sırtımızı dayayabileceğimiz dostlarımız olmalı yanımızda. Omuz omuza yürüyebileceğimiz dava arkadaşlarımız.

Yolumuz uzun belki de. Ama vaktimiz az bunu biliyoruz. Evet, nice akrepler çıkacak karşımıza, biz de o kurbağa gibi onlara inanıp sırtımıza alacağız. Evet, o akrep gibi hayatımıza soktuklarımız bizi de sırtımızdan vuracak. Ama biz arkamıza bile bakmadan inandığımız o yolda büyük adımlarla, kendimizden ve davamızdan emin bir şekilde yürüyeceğiz. Yürüdükçe güzelleşeceğiz sevgili dost. Yürüdüğümüz yol kurtaracak bizi. Sadece o yolun sahibine sırtımızı dayamanın vakti geldi artık hanım kardeşim. Görmüyor musun? Fani mahbuplar birer birer bizi ya terk ediyor ya da sırtımızdan vuruyor.

Biz, Allah'tan başka hiç kimseye kendimizi sevdirmeye çalışmayız.

Bataklık Savaşları

Bir arkadaşım yeni evlendi sayılır. Ev almak istiyormuş. Sağ olsun fikrimi almak için bana danışmak istemiş. "Fatih, ev almak için kredi çekeceğim ne diyorsun kardeşim? Çok kararsızım bana bir yardımcı olur musun?" dedi. İslam'da faizin çok büyük bir haram olduğunu söyledim daha cümlesini bitirir bitirmez. Biraz daha ön bilgi verdikten sonra yapmaması gerektiğini söyledim, cümlelerimi sertleştirdim. Çünkü bu nefis öyle bir şey ki şamatayı, goygoyu çok sever ama ağır konuştuğunuzda öyle zoruna gider ki. Güzel olan her şeye herkes katlanır, önemli olan zora katlanabilmek, zor karşısında dik durabilmek, eğilmeden, bükülmeden, yaptığından ve attığın adımlardan emin bir şekilde. Seni taşıyan ayakların değil, kalbindir. Ayaklarımız değil kalbimiz kazandıracak bize bu savaşı.

"Allah'a ve Resulüne savaş açacak kadar delikanlıysan eğer git çek kardeşim," dedim cümlelerin üstüne basa basa sert ve uyarıcı bir ses tonuyla.

"Öyle diyorsun da ne zamana kadar kiralarda oturacağız? Böyle de zor oluyor. Aybaşı geldi mi ev sahibi kapıya dayanıyor hemen. Kira günü çalmasa da zilimizi ertesi gün kapıda," dedi bu durumdan bezmiş bir tavırla.

"Ah be güzel kardeşim, bilmez misin? Seni bu dünyada kiralarda oturtan rabbin yanına aldığında saraylarda oturtacak. Değer mi böyle bir harama girmeye," dedim yüreğine su serptiğimi hissederek.

Gel seninle bir kıssaya göz atalım; Hz. Ömer bir gün peygamberimizin (sav) odasına girer ve hıçkıra hıçkıra ağlar... Efendimiz neden ağladığını sorunca şöyle cevaplar Hz. Ömer: "Ya Resulullah! Dünya kralları lüks ve servet içinde yüzüyorlar. Senin ise altında sereceğin bir minderin bile yok. Yattığın çalıdan çırpıdan. Ve teninde yattığın zeminlerin izleri. Halbuki bu kâinat senin hürmetine yaratıldı."

Allah'ın resulü şu cevabı verir: "İstemez misin Ey Ömer, dünya onların, ahiret de bizim olsun?"

Daha nereye kadar bu bataklığa saplanacaksın?

Yetmedi mi beline kadar battığın?

Bırak da hiç olmazsa boğazına kadar batma. Boğazına kadar batma ki, o zaman sana bir dal uzatıldığında, henüz bataklığa saplanmamış elinle o dala sıkı sıkı tutun ki çıkabilesin oradan. Madem hâlâ bir ümit var, ki olmalı da, madem o bataklığın içinde hâlâ nefes alabiliyorsun, henüz boğazına kadar batmamışsın o faiz bataklığına, sana uzatılan dala sıkıca tutun. Allah'a ve Resulüne savaş açanın kazandığını hiç yazmış mı tarih bir bak. Dön bak. Kâinat yeltense yerle yeksan olur, ki sen acizden de acizsin.

Seri Katil Nasıl Olunur?

Yağmur vakti. Ulu Cami'de ezan sesi çok başka geliyor bana. Buranın başka bir havası var benim için. Hücrelerime kadar hissediyorum burada ezanı. Ruhum çok farklı bir haz alıyor diğerlerine nazaran.

Yirmisinden sonra en sevdiği şarkıya sarılmış biri olarak boşa geçen çocukluğum geldi şimdi aklıma. Dünyanın peşinden şuursuzca koşup türlü türlü harama bulaşan, dünyayı yörüngesinden hiçbir şekilde şaşırtmadan döndürenin huzuruna aklı esince uğrayan çocukluğum. Biri çıkıp, "Neden namaz kılmıyorsun?" dediğinde bahanem her zaman hazırdı. Heybemde taşırdım. "Namaz kılamıyorum," diyordum o zamanlar. "Namaz kılmıyorum," diyecek kadar delikanlı değildim çünkü. Aradaki o "a" harfini söyleyemeyecek kadar adam değildim işte. Namaz kılmamak gibi bir cinayeti her gün işleyecek kadar cesaretliydim ama kılamıyorum ile kılmıyorum arasındaki o "a" harfini söylemekten korkardım işte.

Akşam ana haber bültenlerinde seri katil haberleri çıktığında kanalı anında değiştiren ben, her gün, gün içerisinde vakit namazlarımı kılmayarak işlediğim cinayetlerle seri katilin ta... kendisiymişim oysa. Ruhumun seri katili. Sadece akşam haberlerinde değil, her gece aynaya baktığımda görüyormuşum ben asıl seri katilin kim olduğunu. Bir karıncayı bile incitemeyen ben, ruhumun katiliymişim.

Bir gün boş olan statları doldurmak için sosyal medyada, televizyonlarda, sokaklarda, orada burada yapılan çağrıları inşallah camileri doldurmak için de yaparlar. Bizi tuttuğumuz takımın attığı golleri değil, kıldığımız namazlar kurtaracak. Haramdan kaçışlarımız kurtaracak bizi. Sabah uyanır uyanmaz gözümüzü açtığımızda bize ilk olarak telefona baktıran mana neyse, o hassasiyeti bize sabahı gösterene kul olmakta sarf etmeliyiz.

Gecenin bir yarısı telefonun çalıyor. Açıyorsun. "Ahmet, acil işe gelmen lazım abicim," diye amirin seni fazla mesaiye çağırıyor. Gitmezsen iş aksayacak. İş aksadığı için de faturası belki sana kesilecek. İhale sana kalacak yani. Biraz mırın kırın etsen de o sıcacık yatağından alelacele kalkıp, atlayıp arabana ânında gidiyorsun iş yerine. Gitmemek gibi bir lüksünde var tabii ama gitmezsen gitmeme fiili ile birlikte doğacak olan sorunlar da var bir yandan. İşten çıkarılmak gibi. Öyle ağır basıyor ki ruhuna o korku, istemeye istemeye de olsa bir şekilde amirinin çağrısına uymaktan başka bir şey gelmiyor elinden. İçindeki amir korkusu, işten çıkarılma korkusu ağır basıyor. Sanki rızkını veren patronunmuş gibi.

Peki, amirlerin de amiri olan Allah seni her gün daha güneş bile doğmadan huzuruna çağırıyor. Mesele mühim olmazsa yapmazdı bunu. Demek ki kâinattaki en önemli mesele için seni huzuruna çağırıyor. O çağrıyı duyuyorsun ama gitmiyorsun. Mahallenin müezzininin o yanık sesiyle okuduğu ezan odanın buram buram ta içine kadar giriyor ama sen o çağrıya kulak asmıyorsun. Ezanı duyduğun anda yorganı üzerine çekmen seni o davetten muaf kılmaz. Bunu bile bile yine de üzerine çekiyorsun işte. Gecenin bir yarısı amirinin telefonunu, arayanın kim olduğunu gördüğüm halde açmazsam yarın sorduğunda ne derim korkusuyla açıyorsun ama seni huzuruna çağıranın, kâinatı da, amirini de yaratanın Allah olduğunu bildiğin halde gitmiyorsun o davete.

Namaz kılmayan kardeşim, bir orman yangını gibi alevler içinde ahiretin yanıyor. İçinde sevdiklerin. Görmüyor musun? Yıllarca uyutulduğun bu uykudan ne zaman uyanacaksın? Şeytanın, çocukluğunda uyuyabilmen için söylenen ninnileri kulağına fısıldamasına izin verme. Şeytanın seni uyutmasına sakın müsaade etme. Radyonun sesini kıs. Gerekirse frekansı değiştir ama en güzel şarkını sevdiklerinle ahirette dinle. Çünkü bu yağmur bir kere yağacak. O yüzden, ıslanmaktan her ne alıkoyuyorsa seni, dur de ona. Şimdi kapat şemsiyeni. Yağmuru hisset. Bu yağmur senin için dinmeden.

Meydan Okuma

İslam'a saldırı yapan dar görüşlü, dar düşünceli, Ebu Cehil gibilerinden zerre miktar farkı olmayan, hayvandan daha aşağı olan insanlar! Birer, ikişer, üçer değil, topunuz gelin!

Sizin şeytana pabucunu ters giydiren tuzaklarınız varsa bizim de tuzakları bozanların en hayırlısı olan Allah'ımız var.

Peki Biz Ne Yapıyoruz?

Hatırlıyorum da küçükken sokakta bulduğum yavru köpekleri kucaklayıp eve getirişlerimi... Hep bir köpeğimiz olsun istemişimdir. Kaç kere ağladım ama bir türlü ikna edemedim bizimkileri. Ne yaptıysam olmadı. Kucaklayıp kapımıza kadar getirdiğim her köpeği, "Fatih, aldığın yere götür onu çabuk bir daha görmeyim," diye yediğim azardan sonra başımı öne eğerek, üzgün bir şekilde, aldığım yere götürürdüm kızgın adımlarla.

Yıllar önce Kurt katıldı aramıza. Kurt, bir köpek. Alman çoban köpeği. Teşkilattan emekli etmişler. Alt tarladaki Cengiz abinin oğlu polis olduğu için ona vermişler, o da babasına vermiş tarlayı korusun diye. Bizimkiler tarlada çalışırken kardeşimin yanına gide gele gide gele iyice alışmış onlara. Ben askerdeyken olmuş bütün bunlar. Sonra Kurt'un resmini atmışlardı bana öyle öğrenmiştim. Öyle sevinmiştim ki, çocukken eve her köpek getirdiğimde yediğim azarları unutuvermiştim hemen. İnsanın çocukluk hayalinin gerçekleşmesi nasıl da güzelmiş meğer.

Alt tarlanın sahibi bizim köylümüz değil, şehirde yaşıyor. Hafta sonları geliyor tarlasına. O yüzden yazları da kışları da biz bakıyoruz Kurt'a. Dedem Kurt'un en iyi arkadaşıdır. Her vakit dedem camiye, akşamları köyün kahvesine giderken yolda eşlik eder ona. Gittiği yerden çıkana kadar kapının önünden hiçbir yere kıpırdamadan bekler durur öyle. Bazen dedem peşinden gelmemesi için bağırır eder ama nafile. Böyle arkasından gelmiyormuş gibi yapar, dedem köşeyi dönene kadar arkasından izler, köşeyi döndüğü an düşer peşine. Aslında sadece dedem için yapmaz bunu, ailedeki herkes için yapar. Yeter ki sizi evden çıkarken görsün. Evden çıkarken görmesi yeterli. Koruma içgüdüsü işte. Fıtrat meselesi.

Geçenlerde bir arkadaşımın WhatsApp durumunda görmüştüm, "Bir köpeğin dostluğu, bir dostun köpekliğinden iyidir," yazıyordu. Kurt'u tanıdıkça daha da iyi anladım bunu.

Kurt, ailemizden biri. Evde bir kap da onun için kaynar. Dedem mavi renkte, orta boy deterjan bidonunu tam ortasından kesip yemek kabı yapmış ona. Akşamları içine köy ekmeği doğrar, babaannemin yaptığı yemeğin kalanını da doğradığı ekmeğin üstüne döker. Allah rızkını bizim evimizde nasip etmiş işte. Hava soğuk oldu mu aşağıdaki koltuğun üstüne çıkar, orada yatar. Evimizin tam karşısında bulunan ufak bir bölüm var. Babaannemin çiçekleri ekili orada. Sıcak havalarda çiçeklerin toprağını eşeleyip serinlemek için kendine yer yaptıktan sonra bir güzel yatar oraya. O yüzden, Kurt'la babaannem pek anlaşamazlar.

Kurt'un yaptığı bir şey Cengiz abinin dikkatini çekmiş. Yazları genelde tarlada kalır kurt. Arada köye eve uğrar, gözükür. Sonra yine tarlaya gider. Hatta dedem bazen şakayla karışık ona, "Senin ne işin var burada? Çabuk tarlaya git," der. Kuyruğunu kıstırmış bir şekilde eğer başını öne, gider. Sonra dedem, "Şaka yaptım şaka," diye seslenir arkasından. Kuyruğunu sallaya sallaya geri döner. O kadar sadık ki, kimsenin gönlü kalmasın diye iki tarafı birden idare etmeye çalışır işte. Düşünün, köpeklerden hiç haz etmeyen annemle, nerede bir köpek görse girecek delik arayan halamın bile korkularını yenmesini sağladı. Kendini onlara sevdirmeyi başardı. Tek başına yaptı bunu. Kurt'un o hareketi, sevginin üstesinden gelemeyeceği hiçbir şey olmadığını bir kez daha göstermiş oldu bana.

Gelelim Cengiz abinin dikkatini çeken olaya. Tarlanın aşağısında bulunan bir yol var, ana güzergâh gibi bir şey. Yaz sabahları ortalama yirmi traktör geçer oradan. Bizim kurt, sabahları onca traktör geçmesine rağmen bizi tarlanın girişinde bulunan ormanlık yolda karşılar her sabah. Onca traktör geçmesine rağmen bizim traktörün sesini ayırt edip öyle iniyormuş bizi karşılamaya. Bu da Cengiz abinin dikkatini çekmiş tabii. Gelip bize anlatmıştı, "Sabah o kadar araç geçiyor, hiçbirinde yerinden kıpırdamazken sizin traktörün sesini duyduğu anda dikiyor kulaklarını havaya," diye.

Sence kurt bütün bunları neden yapıyor olabilir? Yapmasa da olur değil mi? Mesela her defasında orman yola bizi karşılamaya inmese, neden inmedin diye aç bırakacak değiliz. Geceleri tarlamızı korumasa evden atacak da değiliz. Şu sadakat öyle güzel şey ki. Kurt'a sevgimizi verdiğimizin, onunla rızkımızı paylaştığımızın, ona evimizi açtığımızın bence farkında ve bize kendince bunların karşılığını vermeye çalışıyor.

Şimdi diyebilirsiniz ki, bana ne kardeşim senin köpeğinden, yaptıklarından. Bize neden anlatıyorsun diyebilirsiniz. Evet, belki öyle düşünmekte haklısınız ama anlatmak istediğim şey aslında tam olarak şu: Bir köpek bile önüne koyduğumuz bir kap yemekten, ona gösterdiğimiz sevgiden, evimizi açtığımızdan dolayı bütün bunları yaparken, başlı başına kâinatı senin emrine musahhar kılan, seni sonsuz seven Allah için sen ne yaptın? Çok sevdiğin bir sanatçının konserine gidebilmek için saatlerce sırada beklerken, seni de sevdiğin sanatçıyı da senden çok seven Allah için sen ne yaptın kardeşim?

Bugün Allah rızası için ne yaptın?

Kapı

Çocukluğumdan bu yana alışamadım bir türlü şu şemsiyelere. Kaçını okul sırasının altında unuttum bilmiyorum. Annemin yağmurlu havalarda okula giderken elime zorla tutuşturduğu her şemsiyeyi ya otobüste ya da okul sırasının altında unutmuşumdur mutlaka.

Yağmur yağdırılmaya başlayınca pencereye koşmak yerine sokağa çıkıp altında ıslanmayı tercih ederim. Korkmayın, hasta olmazsınız. Saçlarıma düşen yağmur bedenimi değil de ruhumu yıkar. Yağmur, geceleri uyuyamayanların en iyi dostudur. Hiç kimselerin cesaret edemediğini yapar. Derdinizi dinler. Yağmur yağdırılınca kitap okuyanlardan değilim ben, söylemiştim.

Yağmur başlı başına bir kitap zaten.

Hiç bitmeyen,

Kokusu hiç geçmeyen,

Hiç dinmeyen bir kitap.

Dedim ya kardeşim, biz yağmurda kitap okumayız. Biz kitap okumaya başlayınca yağmur yağar zaten kalbimizin kurumuş mısralarına.

Ve ölünce yağmur yağacak toprağımıza ki o yağmurdan sonra bir gül yeşerecek mezarımızın tam ortasında. Herkesler göremeyecek ama o gülü. Gülü koklamak için dalından koparanlar değil de eğilip koklayanlara gözükecek belki de.

Avludayım. Akşam namazı öncesi çay simit yapmak istedim. Hava soğuk. Birazdan yağmur başlayacak ve içimiz ısınacak ama biliyorum. Bazen olur, dışarıda yağmur yağarken kalbine de yağar. Yok denilecek kadar az insan var etrafta. Biraz sonra mendil satan iki çocuk gelecek yanıma...

Veren sen iken biz senin kapında hep açgöz oluruz ya Rabb! İsteriz. Hep isteriz. Dilimiz damağımız kuruyana kadar.

Hiç kimselere anlatamayınca derdimi ben de Allah'a anlatıyorum. Ne kadar büyük olursa olsun derdim, onun büyüklüğü karşısında yok oluyor zaten. Gözlerimi açtığımda bakmışım ki derdim Allah olmuş birden. Bir dert var içimde. Dinmeyen bir yağmur. Anlatsam kimse anlamayacak beni biliyorum. Anlatmaya kalksam hep eksik kalacak cümlelerim. Suskunluğunu ahirette bozmaya yemin etmiş biriyim ben. En sevdiğine derdini anlatacak biri. Bir şiir var içimde. Mısraları yağmurlu, gül kokan bir şiir. Ahirette sevdiğime okuyacağım. (sav)

Ey aşk.

Bekleyesimiz var.

Geleceğin var mı?

"Abi... Abi... Fatih abi."

Cami çıkışında, kalabalığın arasında ufacık iki el tuttu ellerimden. Dalmışım. Bana seslenişlerini bile duyamadım. Açıp baksam o küçücük avuç içlerine belki de insanlık adına koca bir roman yazılır. Hani o beğenmediğimiz şaşaalı hayatlarımız var ya, o avuç içlerini görse utanırız belki. Hani sen kendini makyajsız kötü hissediyorsun ya hanım kardeşim, hani onsuz sokağa bile çıkamıyorsun ya... Yüzünü palyaço gibi boyayan ablalar o çocukların uzattığı o avuç içlerini geri çeviriyor işte. Hiç üşümemiş bir insana soğuk nedir anlatamazsınız. Anlamaz çünkü. Onlar ancak yüzlerini boyamasını bilir.

"Sizin ne işiniz var burada bakayım? Gitmediniz mi hâlâ?"

"Yoo... Biz seni bekledik. O kırmızı kitaptan bize biraz daha okur musun?"

"Hava çok soğuk. Keşke beklemeseydiniz köylü güzelleri. Ne konuştuk biz demin, çaylardan sonra doğru evinize gidecektiniz hani?"

"Evet, ama biz seni bekledik yine de."

"Demek beğendiniz kırmızı kitabı?"

"Evet, hem de çok."

"Tamam o zaman şu çınarın altındaki tahta taburelerin birine geçin oturun. Üşümüşsünüz ben çay alıp geliyorum içiniz ısınsın."

"Holleyyyy Fatih abi bize kitap okuyacak."

"Evet kızlar, o zaman şöyle yapalım, biriniz rastgele açsın kitabı ben de denk gelen yeri size okuyayım olur mu?"

"Tamam olur," deyip ikisi el ele verdikten sonra masada duran Lem'alar Risalesi'nden bir yer açtılar.

Okumaya başladım. Okuduklarımı anlayabilecekler mi diye hiç düşünmeden. İki ayrı beden. İki ayrı çift göz dudaklarımdan süzülecek olan cümlelere kilitlemişlerdi kendilerini. Çayları, ellerini ısıtmak için kullanıyorlardı. Gerçi çaydan da güzel gözleri vardı ya. Çaydan da sıcak kalpleri vardı ya onlar yeterdi bulunduğumuz ortamı ısıtmaya.

"Ey Rabb-ı Rahimim! Ve ey Hâlik-ı Kerimim! Benim su-i ihtiyarımla ömrüm ve gençliğim zayi olup gitti. Ve o ömür ve gençliğin meyvelerinden elimde kalan, elem ve-

rici günahlar, zillet verici elemler, dalâlet verici vesveseler kalmıştır. Ve bu ağır yük ve hastalıklı kalb ve hacaletli yüzümle kabre yakınlaşıyorum. Bilmüşahede göre göre, gayet süratle, sağa ve sola inhiraf etmeyerek, ihtiyarsız bir tarzda vefat eden ahbap ve akran ve akaribim gibi kabir kapısına yanaşıyorum. O kabir, bu dâr-ı faniden, firak-ı ebedi ile ebedü'l-abad yolunda kurulmuş, açılmış evvelki menzil ve birinci kapıdır. Ve bu bağlandığım ve meftun olduğum şu dâr-ı dünyayı kat'i bir yakin ile anladım ki; haliktir gider ve fanidir ölür. Ve bilmüşahede içindeki mevcudat dahi, birbiri arkasından kafile kafile göçüp gider, kaybolur. Hususan benim gibi nefs-i emmareyi taşıyanlara şu dünya çok gaddardır, mekkârdır. Bir lezzet verse, bin elem takar çektirir. Bir üzüm yedirse, yüz tokat vurur.

Ey Rabb-ı Rahimim! Ve ey Hâlik-ı Kerimim! 'Her gelecek yakındır.' sırrıyla şimdiden görüyorum ki; yakın bir zamanda ben kefenimi giydim, tabutuma bindim, dostlarıma veda eyledim. Kabrime teveccüh edip giderken, senin dergâh-ı rahmetinde, cenazemin lisan-ı hâliyle, ruhumun lisan-ı kaaliyle bağırarak derim:

'el- Aman el- Aman! Yâ Hannan! Yâ Mennan! Beni günahlarımın hacâletinden kurtar!'

İşte kabrimin başına ulaştım. Boynuma kefenimi takıp kabrimin başında uzanan cismimim üzerine durdum. Başımı dergâh-ı rahmetine kaldırıp bütün kuvvetimle feryad edip, nida ediyorum:

'el- Aman el- Aman! Yâ Rahman! Yâ Hannan! Yâ Mennan! Beni günahlarımın ağır yüklerinden halâs eyle.'

İşte kabrime girdim, kefenime sarıldım. Teşyiciler beni bırakıp gittiler. Senin afv ü rahmetini intizar ediyorum... Ve bilmüşahede gördüm ki, senden başka melce ve mence yok. Günahların çirkin yüzünden ve masiyetin vahşi şeklinden ve o mekânın darlığından bütün kuvvetimle nida edip: 'el- Aman, el- Aman! Yâ Rahman! Yâ Hannan! Yâ Mennan! Yâ Deyyan! Beni çirkin günahlarımın arkadaşlıklarından kurtar! Yerimi genişlettir.'

İlâhi! Senin rahmetin ve melceimdir ve rahmeten lil-âlemin olan habibin (a.s.m.) senin rahmetine yetişmek için vesilemdir. Senden şekva değil, belki nefsimi ve hâlimi sana şekva ediyorum.

Ey Hâlik-ı Kerimim ve ey Rabb-ı Rahimim! Senin Said ismindeki mahlûkun ve masnuun ve abdin; hem âsi, hem âciz, hem gafil, hem cahil, hem alil, hem zelil, hem müsi, hem müsinn, hem şaki, hem seyyidinden kaçmış bir köle olduğu halde, kırk sene sonra nedamet edip, senin dergâhına avdet etmek istiyor. Senin rahmetine iltica ediyor. Hadsiz günah ve hatiatlarını itiraf ediyor... Evham ve türlü türlü illetlerle müptelâ olmuş. Sana tazarru ve niyaz eder. Eğer kemal-i rahmetinle onu kabul etsen, mağfiret edip rahmet etsen, zaten o senin şanındır; çünkü, Erhamürrahiminsin. Eğer kabul etmezsen, senin kapından başka hangi kapıya gideyim? Hangi kapı var? Senden başka rab yok ki, dergâhına gidilsin. Senden başka hak mabud yoktur ki, ona iltica edilsin!"

"Evet, hanımlar seçtiğiniz yer işte bu kadar. Beğendiniz mi bakayım?"

Gayet masumca, "Evet, bir amca Allah'a çok güzel bir dua ediyor Fatih abi. Ondan kendisini affetmesini istiyordu," deyip alması gerektikleri kadarını ruhları almıştı okuduğum yerden. Onlara onca yabancı gelebilecek kelime geçmişti okuduğum yerlerde ama hiçbiri, "Bu kelime ne demek?" diye okumamı kesmemişti. Çaylardan bir yudum içilmemiş. Masaya bırakılan peçete üzerine yazılmış bir not vardı:

"Fatih abi biz seni çok sevdik."

Size beni sevdirene hamdolsun.

"Hadi şimdi hava iyice kararmadan doğru eve gidiyorsunuz..."

Okumak iyi gelir herkese. Yazmak da öyle. Gözlerini sana dikmiş bir şekilde can kulağıyla dudaklarından dökülecek her sözü merak içinde bekleyip seni dinleyen birileri varsa bir de yanında dünyada, kaç demlik çay yeter ki o muhabbete? Evet, okursun, bazen karanlığa teslim olmuş boş odalarda bir başına, bağıra bağıra. Duvarların dili olsa eşlik edecekler belki de sana. Evet, duvarlar. Onlarında eşlik edesi gelir sana. Ve arkada dünyanın en güzel müziği. Herkes uyurken, gecenin bir yarısı sokağına şarıl şarıl yağdırılan yağmurun sesi.

Beni anlayan birileri olsaydı çevremde belki yazmak zorunda kalmazdım derdimi. Ama iyi ki olmamış be kardeşim. İyi ki kimse anlayamamış derdimizi. Onu da kirletirlerdi yoksa. Hem önemli olan aynı alfabeyi konuşmak değil ki, aynı duyguları hissetmek, aynı derdin peşinden koşmak. Dilimiz bir olsa ne olur? Kalplerimiz bir olmadıktan sonra, aynı şey için atmadıktan sonra. Aynı yağmurun altında ıslansak ne fayda? Yağmurun kimden geldiğini bilmedikten sonra. Derdi veren de yağmuru yağdıran da tek biri değil mi ki zaten? Davasız insan, insan mıdır ki?

Bazen, ömrümüz boynunca anlam veremediğimiz dünyanın peşinde niye bu kadar çok koşuyoruz diyorum. Çevremizdeki en yakın insanlara bile ömrümüzce alışamamışken, bize kalmayacak bu dünyada bize kalacak günahlar biriktirdiğimiz halde dünyaya alışmaya çalışmak öyle saçma geliyor ki bana. Acaba şeytan nasıl kandırıyor bizi? Nefsimizin oyununa nasıl geliyoruz? Yanlış şeye alışıyoruz. Dünyaya değil. Onun için yaşamaya alıştırsak ya kendimizi. Kimse yokken hep var olana. Dünde, bugünde, yarında hep var olacak olana... Ne için varsak onun için yaşıyoruz be sevgili okur. Her şeyden geçtiğimiz gibi, sürgüne gönderildiğimiz bu dünyadan da geçmeye gelmedik mi zaten? Fakir bir yolcu değil miyiz hepimiz? Neyimiz var canımızdan başka? Hoş, o da bizim değil. Emanet.

Eskiden insanlara anlatırdık dertlerimizi. Güzel insanlara. O güzel insanları aradınız mı siz hiç? Ben aradım. Hem de çok. Sonra öğrendim ki o güzel insanlar o güzel atlara binip gitmişler. Gittikleri yerleri de kimselere söylememişler, o kötü insanlar gelip oraları da bozmasınlar diye. Derdimizi, sırrımızı gözümüz kapalı bir şekilde anlatabileceğimiz insanlar nerede? Derdini adam gibi sırtlanan insanlar nerede? Yok şimdi etrafımızda. Bir onların sayısı. İki olmadı hiçbir zaman. Ha çölde su bulmuşuz, ha sırrımızı paylaşacağımız birini bulmuşuz. İkisi de aynı şey. Şimdilerde birine bir şey anlatıyorsun, ertesi gün başka birisinden duyuyorsun anlattıklarını. Whatsapp gruplarında kurulmuş dedikodu tezgâhlarında yok satıyor adın.

Geceler eski sevgilinin İnstagram profilini stalk'laman için yaratılmadı. WhatsApp'ta en son ne zaman çevrimiçi olduğuna bakman için de yaratılmadı. Babam derdi ki, "En güzel şoförlük geceleri yapılır. Araç kullanmayı en güzel gece öğrenirsin". "Nasıl yani baba?" derdim. O da, "Etrafın karanlık olduğuna bakma evlat. Işık, en güzel karanlıkta belli olur. Dansını en güzel karanlıkta sergiler. İhtişamını gösterir. Yani evlat, şu an karşıdan bir araba gelse, yol ne kadar virajlı olursa da olsun arabadan önce aracın ışıklarını görürsün. Işıkları gördüğün için, karşıdan gelen arabanın yolundaysan kendi yoluna çekilebilmen için vaktin olur," derdi.

En son hangi gece gökyüzüne gözlerindeki o gaflet gözlüğünü çıkarıp tefekkürle baktın bilmiyorum sevgili dost. Gece çöktüğünde milyarlarca yıldız ve ay, etrafına saçtığı o ışıkla bağıra bağıra Allah demiyorlar mı zaten? Bütün ihtişamlarıyla, "Benim sahibim Allah" demiyorlar mı? Yolumuzu göstermiyorlar mı bize? Araçtan önce aracın ışığını görmüyor muyuz onlara baktığımızda? Düşünsene, bu işin görünen tarafı. Bir de görünmeyen tarafı var. Bunları düşünemiyorsak eğer insan olamamışız. Sonraları daha da iyi anladım babamı. Araba kullanma dersi değil de hayat dersi veriyormuş aslında. Geceler uyumak için değil, geceler arabayı şoföre daha güzel kullandırmak için yaratılmış meğer...

Derdini insanlara anlatmaya korkup saman yapraklı kâğıtlara yazan insanlar var bu dünyada. Hâlâ temiz kalabilmeyi başarmış insanlar. Kalpleri dünyalaşmış insanlardan korkup hayallerini yağmura fısıldayan adamlar var. Belki de onlar o güzel insanların nereye gittiklerini biliyorlardır da bize söylemiyorlardır. Varsın söylemesinler kardeşim. Varsın güzel insanlara da hasret kalalım. Bizim Allah'ımız var.

Sevgili dost!

Bilmiyorum hangi duadır diline meylettiğin?

Bilmiyorum hangi yoldasın?

Bilmiyorum hangi hayaldir geceleri başını yastığa koyduğunda arzuladığın?

Bilmiyorum döktüğün gözyaşı kimin içindir, ne içindir?

Bilmiyorum kaç çiçeği dalından kopardın, kaç yağmurdan kaçtın?

Bilmiyorum kimlerin ahı var ensende?

Bilmiyorum sana güvenen kaç insanı yüzüstü bırakıp gittin...

Ama şunu çok iyi biliyorum sevgili dost,

Her şeyin çaresi tek bir kapıda. Gitmek lazım o kapıya. Biz buraya o kapıyı bulmaya geldik. Biz buraya o kapının sahibini tanımaya geldik. Boşa değil gelişlerimiz. Gelişlerimiz boşa olmadığı gibi, gidişimizde bir hiç uğruna olmayacak.

Kapının ardında biri var. Bizi bekliyor. Ona vardığımızda geçecek her şey.

Karanlık Tünelden Geçerken Heybemize Doldurduklarımız

Zülkarneyn ve askerleri uzun bir sefere çıkmışlar. Geceler gündüzler boyu yürümüşler. Ve sonunda dar ve karanlık bir tünele çıkmış yolları. Tünele girmeden önce Zülkarneyn askerlerini uyarmış, demiş ki, "Bu tünelden geçeceksiniz, tünelin içinde ayaklarınıza dolanan taşlar olacak. Onlardan toplayabildiğiniz kadar toplayın yoksa pişman olursunuz. Onları da taşıyın".

Askerler, "Biz bu kadar yol yürüdük. Zaten yorgunuz. Zaten perişan olduk. Bir de taşları yüklenemeyiz," demişler.

"Peki," demiş Zülkarneyn, "almayın o zaman. Ama almazsanız da pişman olacaksınız. Alırsanız zaten pişman olacaksınız. Biraz alırsanız yine pişman olacaksınız. Çok alırsanız yine pişman olacaksınız."

Herkesin kafası karışmış. Böylece askerler yorgun argın girmişler tünele. Gerçekten de dediği gibi komutanlarının önlerine taşlar çıkmış, karanlıkta ne olduğu belirsiz ağır taşlar. Pişman olmayalım diye alanlar pişman oldu diye hiç almamayı tercih etmiş bazıları. Bazıları, almayanlar pişman olur diye hiç olmazsa biraz alalım demiş. Bazıları da, almayanlar, biraz alanlar pişman olacaksa ben çok ama çok alayım demiş heybesini taşla doldurmuş. Ama Zülkarneyn'in dediği gerçek, hiç almayan pişman olacak. Çok alan pişman olacak. Biraz alan da pişman olacak. Tünelin öbür ucunda pişmanlıktan başka seçenek yok. Ve derken karanlık, uzun tünelden askerler farklı farklı niyetlerle geçmişler, ta ki gün ışıyıp da herkes ama herkes çantasına biraz aldığı, çokça aldığı, ya da hiç almadığı taşlara bakınca herkes ağlamaya başlamış. İçlerinde derin bir pişmanlıkla orada kıvranıp durmuşlar. Niye mi? O ayaklarına takılan taşlar meğer yakutmuş, elmasmış, saf altınmış. Ee öyle olunca da çok alan pişman daha çok niye almadım diye. Az alan daha çok almadım diye zaten pişman. Hiç almayanın pişmanlığını zaten anladınız. O bin pişman!

Evet, kıssa bu sevgili dost. Şimdi şu kıssaya bir bakalım. Biz işte o askerleriz. Biz o uzun yolun yolcusu yorgun savaşçılarız. İşte bir tünelden geçiyoruz. Onun adı dünya. Elimize, ayaklarımıza birçok şey takılıyor. Alsak iyi olur da diyoruz, almayalım kenarda dursun da diyoruz. Sevaplar, sevaplar... Güzellikler, iyilikler. Bazılarımız çok ama çok yapıyor. Bazılarımız hiç yapmıyor. Bazılarımız biraz yapıyor. Ama ne olursa olsun biz bu tüneli geçeceğiz. Hakikatin nuru gönlümüzü de gözümüzü de aydınlatacak. Ve bu dünya uykusundan uyandığımızda, öbür dünyada hakikati gördüğümüzde, neyi terk ederek neleri kaybettiğimizi iyice anlayacağız. Elimizin tersiyle ittiklerimizin dünyalar dolusu güzellik olduğunu fark edeceğiz. Yapışıp, belki istemeden ettiklerimizin aslında tahminimizin çok çok ötesinde bir ödülün karşılığı olduğunu fark edeceğiz. Sevabı çok olan. Evet, onlar da pişman olacak. Hatta belki de diyecekler ki, "Ya Rabbi! Bizi ne olur bir daha gönder şu dünyaya da bunu bilerek yaşayalım".

Nasibi az olanların pişman olacağı zaten kesin. Biz niye daha çok çaba göstermedik diyecekler. Hiç nasipsiz olanlar kim bilir nasıl pişman olacaklar. Çok nasibi olup pişman olanların yanında onların pişmanlığını adlandırmakta aciziz. Belki koca bir AH...

Evet, tıpkı Zülkarneyn'in askerleri gibi biz o dağın karanlık tünelinden geçiyoruz. Az alan pişman. Hiç almayan pişman.

Çok alan bile pişman.

Yolculuğa başladık. Yolcuğumuz devam ediyor...

Peki biz bu tünelden geçerken heybemize neleri dolduruyoruz? Aynayı hiç tuttuk mu kendimize? Sigortalı bir işin derdine düştüğümüz kadar heybemizin derdine düştük mü? Konuşmadığı bir tek Kız Kulesi kalmış olan erkek kardeşim, Haram sevda peşinde koştuğun kadar heybenin peşinden koştun mu? İçindekilere baktın mı? Dolu mudur yoksa boş mudur diye aklına geldi mi hiç? Tatile gittiğimizde, "Evin sigortasını indirmiş miydim acaba?" "Aygaz'ın altını kapamış mıydım ki?" "Kapıyı kilitlemiş miydim ben?" "Tesisatı da kapatmadık galiba..." gibi türlü türlü sebepleri onlarca defa düşünürken, hatta kararsız kalıp, çıktığımız yolun yarısından dönüp tekrar kontrol etmek için geri döndüğümüz halde bu tünelden çıktığımızda bize lazım olacak olan heybemize aynı o özeni neden göstermiyoruz?

Fırsatımız yok değil mi? Evet, yok. Nasıl olsun ki zaten? Yediğimiz yemeklerin fotoğrafını, gittiğimiz yerlerin durum bildirimini, mutlu aile fotoğraflarımızı boy boy sosyal medya hesaplarımızdan ânında paylaştığımız için oturup düşünmeye vaktimiz bile olmuyor sevgili dost. Dilimiz kalbimizin koluna girip gıybet pazarlarında tezgâh tezgâh gezdiği için fırsatımız olmuyor iki çift Allah kelamı etmeye. Biraz zorunuza gitsin ne olur. Üstünüze alının rica ediyorum. Çünkü bu tünelden bir kere geçeceğiz. O yüzden elimizden geldiğince doldurmak lazım heybemizi.

Halimiz aynı o askerler gibi başkalarının heybelerindeki o yakutları, elmasları, saf altınları gördüklerindeki ağlamalarına benzeyecek. Ta ki sevdiklerimizi cennette, kendimizi ise cehennemde onlardan ayrı bir şekilde gördüğümüzde.

En Uzun Gece

Ben kışın geldiğini babaannemin bir balkondan çok bahçe gibi kullandığı evimizin balkonundan anlıyorum. Dört bir yanı çiçeklerle kuşatılmış o balkonumuz kış geldiğinde istilaya uğramış bir kasaba gibi durur öyle. Balkondaki minderler ve halı toplanır. Koltuğun üstüne su geçirmemesi için sıkı sıkı bir naylon çekilir. Çiçekler bir tabur asker gibi bulundukları yerden alınıp bir araya toplanır. İşte böyle gelir bizim balkonumuza kış.

Bugün 21 Aralık. Yani gündönümü. En uzun gece ve en kısa günümüzü bugün ve bu gece yaşayacağız. Kış mevsimi bugün başlıyor. Benim için babaannemin balkonumuzdaki halıyı toplaması ve koltuğa naylon çekmesiyle başlamıştı zaten. Bir de tabii sobanın üzerindeki kızarmış kestane kokusu evin içini sardığında. Bu tarz belirli günler şehirli insanlar için olsa gerek. Bu arada yarından itibaren günler uzamaya başlayacak. Tıpkı her ayrılıkta olduğu gibi.

Eskiden güzel insanlara güzel insanlar düşermiş. O kadar azaldı ki o güzel insanların sayısı. Şimdilerde güzel insanlara kötü insanlar düşüyor. Şimdilerde bir biz varız o güzel insanlara hasret yaşayan.

Yazları tam buradan izliyorum yıldızları. Sırtımı evimizin pembe duvarına dayayıp pembe hayaller kuruyorum. Bilmiyorum hangisi gerçek olur. Ama ben olmayacağını bilsem de bile bile yine de hayal kurardım. Bir çocuk inadı benimkisi. Karşısında idam sehpası olmasına rağmen davasından zerre miktar vazgeçmeyen bir hür adamın davasına sahip çıkması gibi. Kaldırımlar arasında yeşermeyi başaran bir çiçeğin açması gibi kararlılıkla. Umudu tırnaklayarak. Bilal-i Habeşi gibi... Tenini yakıp kavuran kızgın çöl kumları üzerinde dininden dönmen için dayanılmaz işkencelere maruz kalsan da, bu çekilmez işkenceye karşı tek dayanak noktası olan yüreğindeki iman nuruyla "Ehad, Ehad" (Allah birdir! Allah birdir!) diyerek müşriklerin yüzene haykırmaktan geri durmayarak. Belki de dualarımız kabul olmuyor diye üzülüşlerimiz boşadır. Belki de bu dünya kurduğumuz hayallerimizi hak etmediğimiz için gerçek olmuyordur. Belki de gözlerimizi kapatıp ettiğimiz duaları öylesine güzel, öylesine içten ediyoruzdur ki, seccademize düşen o gözyaşları öylesine kıymetlidir ki, bu dünyada o gözyaşlarının karşılığı olmadığı için, Allah mükâfatını ahirete saklıyordur belki. Belki de kavuşmalarımız ahirete kalmıştır...

Sen gitmemekte ısrar etsen de, direnşen de, bekleyen her şeyin soğuduğu bir dünyada seni hâlâ en çok seven biri olarak o hâlâ seni bekliyor kardeşim. Gözyaşlarınla yağmuru yenip seccadeni ıslatacağın o geceyi. İnan bana sevgili dost, en yakın arkadaşına dahi anlatamadığın dertlerini yalnızca ona anlatabilirsin. Duanın yağmuru, döktüğün gözyaşıdır. Gökyüzüne bakmayı unutup içimiz kararmaya başladığından beridir duaya ihtiyacımız var bizim. Kalbimizi kirlerinden arındıracak bir duaya. Yeniden doğuşumuz işte bu dua olacak ve bir daha hiç eskiye dönmeyeceğiz.

Allah'ım hangi duadır etmemiz gereken? Hangi yoldur bizi sana getirecek olan? Bilelim. Bilelim ki bir ömür boyu o yolun yolcusu olmaya niyet edelim. Ya Rabb! Paslanmış kalplerimize ilham et duayı. Dilimizin ezberi olsun bize senin rahmet kapılarını açtıracak olan o dua. Dilimiz damağımız kuruyana kadar talip olalım.

Evet, biz koca bir hiç olabiliriz ama aradığımız her şey.

Evet, bugün 21 Aralık. Ama en uzun gece değil. En uzun gece, gözyaşlarınla yağmuru yendiği gündür...

Geceler bayım. Belki de gönlümüzün ısınamadıklarından uzaklaşmak içindir. En uzun gece de bunun için vardır belki. Hazır dünyayla da en uzun ateşkesimizi imzalamışken, sahibiyle doya doya dertleşebilmek içindir. Belki de o kadar çok gözyaşı birikmiştir ki içimizde, ancak en uzun gecede dökebiliriz onu gecenin asıl sahibine. Hani, "Bir gece değişecek hayatımız," derler ya, belki de o gece bu gecedir sevgili dost.

Başımı bir otobüsün camına yaslayarak günlerce yolculuk yapabilirim. Otobüs camlarının yaptığımız yolculuk esnasında dışarıyı seyretmek için değil de hayal kurmak için olduğuna inanıyorum. Evet, öyleler. Yol boyunca başımızı cama yaslayıp kurduğumuz hayaller hangi romanda böylesine güzel kurgulanabilir ki? Bu yılki Nobel Edebiyat ödülünü on ikiden sonra balkabağına dönüşen hayallerimize, inatla yaptıkları yolculuklarda başını otobüsün camına yaslayıp yol boyunca hayal kuran insanlara vermeliler bence. Edebiyatla alakası olmayan insanlara verilmesinden iyidir diye düşünüyorum. Film şeridi gibi hızla yanından geçtiğimiz binalar, insanlar, araçlar, hayvanlar ve şu karşıki dağlar... Hepsini anlık görüyoruz. Saniyeler sonra hepsi nasıl da arkamızda kalıyor öyle. Bir gece işte biz de böyle çıkıp gitmeyecek miyiz bu tünelden? Anlık olmayacak mı her gün, her an durmadan nefes alıp verdiğimiz bu tünelde ansızın nefessiz kalışımız?

Ve belki de o zaman anlayacağız en uzun gecemizin kabre girdiğimiz gün olacağını.

Ki o geceye yolculuğumuz sevdiklerimizin omuzlarında, tahtadan bir atın üzerinde olacak. O güzel insanların yanına işte o zaman gideceğiz. Anlayacağız bayım, en uzun gecemiz vuslatımızın başladığı gün olacakmış meğer...

Gönül Soframızdaki İkramımız

Madem bizler evindeki son hurmasını komşusuyla paylaşan bir peygamberin ümmetiyiz.

Bize de ekmeğini son kırıntısına kadar paylaşmak düşer.

İslamiyet'te paylaştıkça azalmaz, paylaştıkça çoğalır.

Ümmet olmak bunu gerektirir.

Modern Hayat Kuyruğundaki Kıvranışlarımız

Meşhurdur bizim yazları köyde tarladan gelir gelmez ailecek evimizin balkonunda, babaannemin o nasırlı elleriyle demlediği çay eşliğinde soluklanmamız. Söylemiştim diye hatırlıyorum. Bizim köyümüz elini uzatsan dağlara dokunacak kadar ormanın içindedir. Haliyle yemyeşil bir manzarası vardı balkonumuzun. Ta ki komşuluk hakkı çiğnenip manzaramızı kapatan betondan bir bina yapılana kadar. Kartpostalları kıskandıracak güzellikteki manzaranın yerine ruhsuz betondan bir binanın gölgesi çökmüştü soluklanışlarımızın üzerine. Beton binalardan kaçışlarım köyde de yakamı bırakmadı. Şikâyet ederdim hep kendi kendime. Kızardım hatta o evi oraya dikenlere, dikilecek daha müsait bir yerleri daha varken. Günaha girip gıybet etmişliğim bile olmuştur sanırım. Bugün bir fotoğraf çıktı sosyal medyada karşıma. Halepli bir annenin evinin balkonunda, komşu evlerin enkazlarına karşı, mavi kapısı olan bir balkonda yanındaki kızıyla patates soyarken çekilmiş bir fotoğrafı. Öylesine tokat gibi geldi ki o fotoğraf nefsime. Yersiz şikâyetlerimden utandım. Yıllardır şikâyet ettiğim evimizin balkon manzarasına artık şükredeceğim.

Hastalandığımızda bir hastaneye gidiyoruz. Doktora görünmeden önce de ilk fırsatta sosyal medya hesaplarımızdan yer bildirimini yapmazsak olmuyor artık kardeşim. Bu asırda insanlar o kadar ilgiye muhtaç, hasret ki, kimlerin bize değer verdiğini görmemiz için, "Bakın ben hasta oldum," ilanını sosyal medya hesaplarımızdan yaptığımız yer bildirimleriyle çevremize bir şekilde duyurmaya çalışıyoruz değil mi? Serum bağlanmış bir şekilde çekilen fotoğrafımızın üstüne de, "Ucuz atlattık. Çok şükür iyim," yazıyoruz. Altına yazılan, "Geçmiş olsun kardeşim." "Hayırdır neyin var?" yorumlarıyla da kendimizi mutlu etmeye çalışıyoruz işte. Evet, başardın, öğrendin işte kimlerin sana değer verdiğini. Serumlu bir fotoğraf çözdü bütün meseleyi. Dikkatleri üzerine çektin. Alkışlıyorum seni modern hayat. Tebrikler, başardın. Adının "insan" olduğu bir topluluk var şimdi arkanda. Dünyanın soğuğuna aldırmadan kuyruğunda bekleyenler. Sosyal medyadaki paylaşımlarına yapılan beğeni sayısıyla kendini mutlu etmeye çalışan, Ramazan aylarında sergilenen Hacivat ile Karagöz oyunlarındaki kuklalar gibi kuklalaşmış insanlar. Biliyor musun modern hayat, insanlar süslü kılıflar içinde duvara astıkları kitabı çıkarıp, ellerine alıp bir kere okumaya başlasalar görecekler aslında kimin ona herkesten daha çok değer verdiğini.

Çocuğuna yedirebileceği bir lokma ekmeği olmadığı için üzülen bir annenin üzüntüsünün yanında telefonum çizildi diye ağlayan insanlar yok mu bu dünyada? Sadece ayak serçe parmağını kapının eşiğine vurduğu anda o can havliyle Allah'ın adını ağzına alan insanlar yok mu? Hasta olduğun için doktora gözükmeni anlıyorum da, sana o hastalığı verenin Allah olduğunu bildiğin halde sadece başın sıkıştığında aklına getirip en mutlu anlarında aklının köşesinden dahi geçirmemeni anlayamıyorum. Yani lisan-ı halimizle diyoruz ki, "Allah'ım kusura bakma ama benim en mutlu günümde sana neden ihtiyacım olsun ki? Sen zaten başım sıkıştığında yardım etmek için yok musun?" gibi hayvandan daha aşağı pervasızca davranıyoruz. Dilimizle söylemiyoruz belki ama halimiz ve tavrımız işte böyle söylüyor.

Sosyal medyadaki arkadaşlarımızın dikkatini çekmeye çalıştığımız kadar keşke Allah'ın dikkatini çekmeye çalışsak ya. İnstagram'da Kuran-ı Kerim okurken paylaştığın fotoğraf sırf Allah rızası için miydi yoksa gösteriş için mi? Belki biri özenir o da okur diye mi paylaştın, yoksa bakın ben dinine bağlı biriyim, ibadet ediyorum diye temelinde riya olduğu için mi paylaştın? Ayşe yapmış ben de yapmazsam olmaz. Ahmet yapmış ben de yapmazsam olmaz modundan çıkıp, Rabbim söylemiş ben yapmazsam olmaz şuurunu yakalamalıyız. Ayşe'nin yaptığını yapıp, Ahmet'in yaptığını yapıp, Allah'ın söylediğini yapmamak ne kadar trajikomik bir durum değil mi?

Desteklediğin takım oynadığı maçta gol atıyor seviniyorsun. Yetmiyor sezon sonunda şampiyon oluyor sevincine çığlıklar ekliyorsun. Kendimden biliyorum çünkü. Bursaspor şampiyon olduğu sene tüm şehir sokaklara dökülmüştü. Ben de arkadaş grubumla birlikte o kalabalığın içindeydim tuttuğum takımın şampiyonluk sevincine ortak olabilmek için. Mahallenin abileri, "Delikanlı adam kafa kâğıdında yazan şehrin takımını tutar," dediler biz de Bursaspor'u tuttuk. Tuttuk da ne oldu? Sesimiz kısıldı işte. Maratonda çekirdek çitleyen abilerin yanında biz inadına sesimiz kısılana kadar bağırdık. Dün gibi hatırlıyorum o günü. Sokaklar asfalt yollarda timsah yürüyüşü yapan insanlarla doluydu. Köylerden traktörlerle gelip konvoy yapanlar mı dersin, davullar, zurnalar mı dersin, arabanın içinde ön camdan çıkıp takımın atkısını sallaya sallaya kornalar eşliğinde turlayanlar mı dersin... Eğlenceye dair ne varsa o gece sabaha kadar oradaydı. Geçenlerde kitabı yazarken köyde tavan arasında can sıkıntısından eski eşyaların bulunduğu kolileri kurcaladım. O seneki şampiyonluk maçının bileti çıktı karşıma. Çerçeveye koyup saklamışım bir de.

Anıları yırtıp atamıyor insan işte. Hem bize yırtmayı değil, aşkla sarıp sarmalayıp saklamayı öğrettiler.

Haram sevdan bir gün senden önce kalkıp telefonuna bir "Günaydın aşkım" mesajı bırakıyor. Sırf o iki kelimelik kısa mesaj bütün günü ağzın kulaklarına varmış bir şekilde geçirmene yetiyor da artıyor. Birileri tarafından sevildiğini bilme hissi uyanıyor içinde. Adı üstünde, kısa mesaj işte. Mesaj bile bizlere diyor işte, "Aşkın da benim gibi kısa sürecek" diye. Bir haram sevda gösterin bana sonu ayrılıkla bitmemiş olsun. Tüketmemiş. Kırmamış. Yıkmamış... Hayatını kapkara yapmamış olsun. Bir haram sevda gösterin bana uykusuz bırakmamış olsun gecelerinizi. Günümüz aşklarının özeti ben sensiz yaşayamamla başlayıp ayrıldıktan sonra hiçbir şey yaşanmamış gibi yaşamaya devam etmek değil mi? Görmüyor musun kardeşim, attığın kısa mesajlar kadar kısa sürüyor işte sevdan.

Bir de bu kuyrukta otuz iki dişiyle ondan geriye doğru sayanlar var tabii.

Âlem-i İslam'ın üzerine yağmur gibi bombalar yağarken sanat adı altında eğlenceye milyonlar harcayanlar var.

Acı olansa, ezanlarla uyanan insanlar olarak çanlarla uyanan bir toplumun hayranı oluşumuz.

Ahh... Şu içimizdeki modern hayata ayak uydurma çabası...

Günah Kafesine Sokan İlk Mesaj

Bir zamanlar diyarın birinde kuşa kötülük yapan bir kartal varmış. Nerede bu kuşu görse korkutmak için onu öldüreceğini söyleyip dururmuş. Gel zaman git zaman... Kartalın bu kötülüklerinden rahatsız olan kuş dayanamayıp sonunda kaçmış yaşadığı yerden. Uzaklara ama, onu bulamayacağını düşündüğü uzak yerlere, insanların yaşadığı şehre. Orada derdini anlatmış insanlara. Yaşadığı diyarda kartalın ona sürekli zarar verdiğini, onu öldürmek istediğini anlatmış uzun uzun. Onun için de kartalın baskılarına dayanamayıp yaşadığı yeri terk etmek zorunda kaldığını, buralara kadar geldiğini söylemiş.

İnsanlar da ona, "Hoş geldin. İyi yapmışsın ama kartal seni ya burada da bulursa?" demiş. Kuş tam rahata erdim, kartaldan kurtuldum artık derken bir korku kaplamış içini. "Evet bu insanlar doğruyu söylüyor, kartal ya benim burada da izimi bulup öldürmeye kalkarsa?" demiş kendi kendine. "Peki ne yapmalıyım o zaman?" diye sormuş insanlara.

İnsanlar kuşa bir kafes göstermişler. "Sen en iyisi mi bu kafese gir. Kartal izini bulsa bile kafesin içinde olduğun için sana zarar veremez. Hem kafesin demir parmaklıkları seni kartalın saldırısından koruyacaktır," demişler.

Kuşun aklına yatmış ama yine de tereddüt etmiş. "Girersem insanların eline düşerim. Beni yakalamaları daha kolay olur," diye düşünmüş ama o kartalın onu bulup öldürme korkusu daha ağır bastığı için girmek zorunda kalmış kafese. "Kartala izimi kaybettirene kadar bu teklifi kabul edeyim. Hem bu insanlar bana kötülük yapacak birilerine benzemiyor, biraz zaman geçtikten sonra söylerim, kafesin kapısını açarlar ben de özgürlüğüme kavuşur, uçar giderim," diyerek girmiş en sonunda kafesin içine.

Aradan epey bir zaman geçmiş. Ne gelen olmuş ne giden. Kuş, "Herhalde kartala izimi kaybettirdim artık. Şu insanlara söyleyeyim de kafesin kapısı açsınlar, ben de uçup özgürlüğüme kavuşayım," diye düşünmüş ve isteğini insanlara iletmiş. Onlar da kafesin kapısını açmış ama nafile. Kuş uçmak istemiş ama uçamamış. Kanat çırpmaya çalıştıkça düşüp kalmış olduğu yerde. Şaşırmış haline. "Nasıl olur? Ben ne güzel uçan bir kuştum. Nasıl olur da şimdi uçamam?" demiş kızgın bir şekilde. Meğer kafesin içerisinde geçirdiği zaman kuşun eklemlerine, kaslarına hasar vermiş. Uçmaya uçmaya uçma yeteneğini unutmuş kafesin içinde. Vakit geçmişti artık. İstese de uçamazdı. "Kurtarın beni!" diye bağırmaktan başka çaresi yoktu kuşun. Çırpınışı boşunaydı...

Kardeşim, bu hikâyeden anlamamız gereken kuşun çaresiz olduğu için insanların teklifini kabul edip kafese girmek zorunda kalması değil, insanların kuşun çaresizliğinden yararlanıp onu kafesin içine daha kolay bir şekilde sokmaları.

Şeytan da çaresizliğimizden yakalayıp öyle sokmuyor mu bizi günah kafesinin içine? Zaaflarımızdan yakalayıp da vurmuyor mu? Serkan abi geçenlerde yaptığı bir sohbette, "Öyle bir duruma gelirsiniz ki, şeytan sizi Allah'la bile kandırır," demişti. Gerçekten de öyle. Yani haram şeyleri sanki helalmiş gibi yaptırmıyor mu bize? Mesela haram bir aşkı helal bir aşkmış gibi yaşadığımız düşündürmüyor mu? Öyle göstermiyor mu gözümüze? Biri size, "Yanlış yapıyorsunuz, aşkınız haram," dediğinde, "Biz zaten evlenmeyi düşünüyoruz. Niyetimiz ciddi, ama biz birbirimizi namaza bile kaldırıyoruz," gibi kandırmacalarla yaptığınız şeyin haram olduğunu bildiğiniz halde üstüne üstlük birbirinizi namaza kaldırmanız, niyetinizin ciddi olması size o aşkı helal kılmadığı gibi, haram bir şeyi helalmiş gibi yaptığınızı söylettirmiyor mu? Sevdiğinden ayrılma korkusu insanı Allah'a kafa tutacak, yalanına ortak edecek pozisyona kadar getirebiliyormuş meğer.

Allah bize şah damarımızdan da yakın olduğu için, bizi bizden daha iyi bildiği için "Zina yapmayın," demiyor, "Zinaya yaklaşmayın," diyor. Aşkından ölsen de yaklaşma işte. Gurura ne gerek var? "Aşkta gurur olmaz," deyip, "ilk mesajı ben atayım, ne olacak," diye düşünüp attığın o mesaj seni aynı o çaresiz kalan kuş gibi günah kafesinin içine sokuyor. Sevdiğine duyduğun özlem seni çaresiz bırakıp, ilk mesajı attırıp kafesten içeriye girmeni sağlıyor. Sadece, "Aman ya gurur yapmanın ne anlamı var ki, ilk mesajı ben atayım ne olacak?" düşüncesi sana o kafesin içinde kanatlarını yaktırır ruhun bile duymaz. Öyle zehirdir ki o kafes. Bırak uçmak için kanat, tüy bile bulamazsın. İlk mesajı atmayı bırak, atmayı düşünmek bile o kafesin içinde bulundurur insanı.

Tıpkı o kuş gibi, "Kartala izimi kaybettirince söylerim insanlara kafesin kapısını açarlar, ben de uçar özgürlüğüme kavuşurum," diye düşünme. Çünkü günah kafesinin içinde geçirdiğin o zaman aynı o kuş gibi uçma yeteneğini elinden alacak. Aşkım bitince, canım sıkılınca ayrılırım düşüncesiyle avunup canın sıkılıncaya, aşkın bitinceye kadar geçen zaman, kafesin içinde uçma yeteneğini kaybeden kuş gibi sana da aynısı yapacak. Uçmaya kalktıkça düşüp kalacaksın olduğun yerde. "Kurtarın beni!" diye bağırmaktan başka çaren kalmayacak belki de.

Bütün bunları kafesin içine girmeden de kartaldan kurtulman için anlatıyorum sevgili okur. Yoksa kurtulmak için girdiğin o kafes seni senden alacak. Kafese girmeden de kartaldan korunmanın vakti geldi artık kardeşim. Çık o kafesten. Kafesin uçma yeteneğini senden almasına izin verme. Helalinle gir o kafese. Görüyorsun işte. Yanında helalin olmadan yakıyor o kafes. Haram sevdan helakın oluyor. Anlattıklarımı anlayabildiysen eğer o kafes hâlâ kanatlarını yakmamış demektir. Ve hâlâ anlayabiliyorken beni çıkıp uçabilirsin sana helalmiş gibi gösterilen o günah kafesinden. Uç ki, güzel tevafuklar seni helalinle karşılaştırsın...

Haram sevdanın bataklığına saplanmış kardeşlerim!

Birlikte olmak için attığınız o ilk mesaj yeniden başlamak için değil, bu haram sevdaya son vermek için olsun. Elbet bitecek bir gün size bitmeyecekmiş gibi gelen o aşk. Bitecek o cicim aylarınız. Birbirinize karşı ettiğiniz türlü hitap şekilleri, birbirinize aldığınız hediyeler bir gün son bulacak. Bu aşk bittiğinde sokağın köşesindeki çöp konteynırı olmayacak mı o hediyelerin adresi? Sonra biri o çöp kutusuna atılmış hediyelerin fotoğrafını çekecek. Sosyal medya hesabından paylaşıp altına da, "Bir yerlerde yine birilerinin kalbi kırılmış" yazacak. Birilerine "like" malzemesi olacak belki de sonunda aşkınız. İşte o yüzden, ayrılık mesajını sana ilk o atmadan önce sen ona at.

İlk mesajınız yeniden başlamak için değil, haram sevdanızı sonlandırmak için olsun. (Âmin.)

Bir Kereden Bir Şey Olmaz

Zaten her şey bir kereden bir şey olmaz dediğimiz için başımıza gelmiyor mu? Bir kereden bir şey olmaz dediğimiz o günah bataklıklarında daha sonra çırpınırken bulmuyor muyuz kendimizi?

İlk içtiğin sigarayla bağımlısı olmadın mı bu illetin? Sonra cebinde paket taşıyacak duruma getirmiyor mu şeytan? Bir dal sigara istediğin arkadaşlarına artık sigarayı uzatan sen olmuyor musun? İlk defa doğum gününde, arkadaş ortamında ağzına aldığın o alkolü şeytan daha sonra sana her gün içirtmeye başlamadı mı? Şu el de bitsin kalkarım dedikleri kumar masasında evlerini barklarını kaybettikleri yetmezmiş gibi ahiretlerini de kaybedecek duruma gelmiyor mu insanlar? İlk kez aldığın Milli Piyango biletin bir sonraki sene seni Nimet Abla kuyruklarına sokmuyor mu? Şeytan kalbine salıyor işte umudu. Ya sana çıkarsa diye.

Namaz kılan birisin ve şeytan boş bırakmayıp zehri salıyor kalbine. Boş eve hırsız girmez, bilirsiniz. "Ne olacak ki, bak işin gücün başından aşkın zaten. Şu vakit namazını kazaya bırak. İşini bitirince güzel güzel, kafan rahat bir şekilde kılarsın," diye en basitinden zehirlemeye çalışıyor. Aklın yatıyor şeytana, dediği gibi işinin yoğun olması seni namazını kazaya bırakmaya itiyor. Şeytan ittiriyor daha doğrusu. Nefis işte, aldanıyor... Peki kardeşim bir araç kullandığını farz edelim. O aracı bile bile duvara çarpman trafik kazası mı olur yoksa düpedüz intihara teşebbüs etmeye mi girer? İntihara teşebbüs etmeye girer değil mi? İşte aynen öyle, göz göre göre kazaya bırakılan namaz da o aracı bile bile duvara çarpmak gibidir. "Bir kereden bir şey olmaz," deyip bir vaktini kılmadığın namaz, surlarında iğne ucu kadar bir gedik açıyor. Zamanla büyüyor tabii o gedik... Bir, iki, üç, dört, beş derken namaz kılmamaya başlıyorsun. Karıncayı incitmeyen biriyken, ruhuna zulmedenlerden oluyorsun işte. En basitinden, "İşim başımdan aşkın," diye asıl yapman gereken işi yapmadığın için, olması yere götürmediğin için ruhuna azap çektiriyorsun. "Bir kereden bir şey olmaz," diyerek çıktığın yolda şeytan tarafından aldatılanlardan, kandırılanlardan oluyorsun. En büyük düşmanlarından biri olan şeytanın maskarası haline geliyorsun işte.

Kardeşim, sen bu dünyaya yirmi-otuz yıl önce gelmiş olabilirsin. Yani insanları yirmi-otuz yıldır tanıyor olabilirsin. Ama şeytan, Hz. Âdem yaratıldığından beridir biliyor. Duymuşsunuzdur mutlaka "Ben insan sarrafıyımdır," diyenleri. Asıl insan sarrafı şeytanın ta kendisidir. Bırak gözlerinin içine baktığında nasıl birisi olduğunu anlamayı, gölgeni görse seni çözecek biri olmuş artık.

Yapma sevgili dost. Girme o bir kereden bir şey olmaz denilen yola. Yoksa bir kereden bir şey olmaz deyip girdiğin o haram bataklığı sonun olur. Farkına bile varamazsın.

Kaçak yaşama bu dünya otobüsünde. Vakti geldiğinde kaçak olarak indirilirsen eğer bu otobüsten, gittiğin yerde de kaçak muamelesi görürsün.

İsteklerimize Yaptığımız Asgari Ücret Zammı

Cumadan cumaya camiye gidenleri geçtim, sadece bayramdan bayrama camiye giden insanlar tanıyorum. O da Allah korkusundan değil, herkes camideyken ev ahalisi kendisini evde yatarken görüp kızmasın diye baba korkusundan gidiyor. Sıcacık yatağını Allah'a tercih etmeyen, üzerinde baba korkusunun daha ağır bastığı insanlar. Evet, öyleler. Sizin de çevrenizde mutlaka vardır böyleleri. Asgari ücretle yaşayıp cebinde İphone'u, Parlament sigarası eksik olmayan insanlar bunlar. Sorsan hepsi garibandır.

İş zekât vermeye, kurban kesmeye, hayır yapma işine geldi mi gariban maskesini takarlar üzerlerine. Tanıdığım bir abi, "Bu sene ne zekâtımı verebildim ne de kurban kesebileceğim" diye sıkıntısını dile getirmişti. Evet, bunu söylerken biraz üzüntülüydü ama bana bunu söyleyen her gün aralıksız olarak oynadığı İddaa'nın kuponu başına üç beş lira veren biriydi. Bu yüzden üzüntüsü inandırıcı gelmemişti. "Ne olurdu yani her gün aralıksız olarak oynadığın kupona en az beş lira vereceğine o parayı yıl boyunca üçer beşer kenara koysaydın da zekâtını verseydin, kurbanını kesebilecek durumda olsaydın," demiştim ben de. Şimdi konuşmuyor benimle. Hakikatleri konuşunca dünyevi hiçbir dostu kalmıyor insanın. Ağır geliyor çünkü nefislerine. Gidiyor hepsi birer birer. Kendilerince asgari ücret zammı yaptıkları hayallerinin peşinden.

Tek maçtan yattığı kuponuna üzüldüğü kadar oturup da günahına üzülmemiş milyonlarca insan var bu dünyada. Sevgiliyse arası bozuk olduğu için arasını düzeltebilmek uğruna,

"Söz bir daha yapmayacağım," diyerek yemin billah edip uysal, romantik adam moduna girip ama söz konusu Allah'ın istediği gibi biri olmaya gelince zor gelen insanlar yok mu bu dünyada? Haram sevdasının gözüne girebilmek, ona kendini sevdirebilmek uğruna bizim karşı komşunun güvercinleri gibi taklalar atıp, kendisi dışında her türlü karakterlere bürünüp, söz konusu Allah'ın rızasını kazanmak olduğunda onu kazanmaya çalışmayıp haram ekspres vagonunda son sürat giden insanlar yok mu? O vagon bir gün o raydan çıktığında asgari ücret zammıyla büyüttüğün hayallerinin enkazları altında boğulacaklar belki de.

Sizin de dikkatinizi çekti mi bilmiyorum. Dünyada hiçbir şeyin azıyla yetinmiyoruz. İçimizde bitmek tükenmek bilmeyen hep bir daha iyisi olsun, daha fazlası olsun isteği var. İki göz odalı bir ev alıyorsun mesela. Ayşelerinki üç göz odalı olduğu için biz de Ayşe'den altta kalmamak uğruna dört göz odalısına talip oluyoruz. Hep söylerim, insanlar şu hayatta iki kere evlenir diye. Birincisi ömür boyu bir yastıkta kocayacağı eşiyle. İkincisi ise bankalarla. Hani şu asgari ücretle kurduğumuz hayallerimizi bir üst lige çıkarabilmek için sayısız kâğıda imza attığımız bankalarla. Ahmet'ten gördüğümüz arabanın daha iyisini alabilmek uğruna, Merve'de gördüğümüz kol gibi altın bileziklerden bizde de olsun diye kapısında yattığımız bankalarla...

Lise biter, ailenden uzak bir şehirde üniversite kazanırsın. Bir şekilde güç bela bitirebildiğin o üniversite yetmez, yurt dışlarında master yapmak istersin. Çalıştığın iş yerinde aldığın maaş az gelir fazla mesai yaparak aldığın maaşı yükseltmeye çalışırsın. Yeri gelir ek iş bile yaparsın hatta. Viyana'ya tatile gidersin, "Oralara kadar gitmişken Paris'te Eyfel Kulesi'ni tam boydan alabilecek şekilde fotoğraf çektirmeden memlekete dönmek olmaz," deyip ayaküstü oraya da uğrarsın. Daha Türkçeyi bile doğru düzgün konuşamıyorken bir dil yetmez deyip ikincisini, üçüncüsünü öğrenmeye çalışırsın. Tabii bunların hepsi güzel şeyler ama içimizdeki o daha fazlası, daha iyisi olsun isteğini vurgulamak için söylüyorum.

Yüce Allah (cc) İbrahim Peygamber'i kendine dost ilan ettiğinde meleklerin şöyle bir sorusuna muhatap olur:

"Ya Rabbi! İbrahim'in karısı, çocuğu ve malı var. O bunlar ile meşgul olurken nasıl olup da Onu dost edindiniz?"

Yüce Allah (cc) meleklere, "Siz kulum İbrahim'in ne şekline ne malına ne de çoluk çocuğuna değil, Onun sadece yüreğinde taşıdığı coşkun imanına ve işlediği iyi amellerine bakın, kendisini bunlara göre değerlendirin. Dostum İbrahim'in yüreğinde benden başka herhangi bir fani varlığın sevgisini asla bulamayacaksınız. İsterseniz gidip bir deneyin," diye cevap verdi.

Bunun üzerine Cebrail (as) insan kılığına bürünerek İbrahim Peygamber'i denemek için yanına vardı. İbrahim Peygamber'in büyük bir koyun sürüsü vardı. Koyunlarını canavarlara karşı korumak ve avlanmak için on iki köpek beslemekteydi. Varın siz buna göre koyunlarının sayısını çıkarın. Her köpeğin boynunda altından tasma bulunmaktaydı. Hz. İbrahim (as) bu hareketiyle dünya malının pislik olduğunu ve ancak köpeklere yaraşacağını ortaya dökmek istemekteydi. İbrahim Peygamber kırda otlamak için yayılan koyun sürüsünü daima yüksek bir tepe üzerinden gözetlemekteydi.

İşte İbrahim Peygamber tepe üzerinden koyun sürüsünü kontrol ederken, Cebrail (as) yanına gelir, selam verir. Ardından da aşağıda geniş bir alanı toplayarak atlamakta olan koyunları süzdükten sonra, "Ey İbrahim! Bu muazzam koyun sürüsü kimin?" diye sorar.

Bir an olsun yüce Allah'ı aklından çıkarmayan İbrahim Peygamber bu soruya, "Şimdilik benim, fakat gerçekte her şeyin ortaksız sahibi olan Allah'ındır," diye cevap verir.

Daha sonra Cebrail (as) ile Hz. İbrahim (as) arasında şu konuşma geçer:

Cebrail (as):

"Bu koyunlardan bana bir tane hediye eder misiniz?"

Hz. İbrahim (as):

"Allah'ın adını anarsanız, alın üçte biri sizin olsun."

Cebrail (as):

"Cebrail (as)'ın, diğer meleklerin ve biz tüm varlıkların Rabbi olan Allah (cc) gerçekten kutsal ve her türlü noksanlıklardan uzak ve beri olan yüce yaratandır."

Hz. İbrahim:

"Allah'ın adını ikinci bir defa daha anarsanız bu defa da yarısını alın, sizin olsun."

Cebrail (as):

"Cebrail (as)'ın, diğer meleklerin Rabbi ve biz tüm varlıkların Rabbi olan Allah (cc) gerçekten kutsal ve her türlü noksanlıklardan uzak ve beridir."

Hz. İbrahim (as):

"Üçüncü olarak bir daha Allah'ı anarsanız, buyurun bütün koyun sürüsü sizin olsun. Hem de çobanları ve köpekleriyle birlikte alın."

Cebrail (as) Allah'ı aynı şekilde bir daha andı.

Sonra Hz. İbrahim (as):

"Dördüncü olarak bir defa daha anarsan bu sefer de senin kölen olurum."

Cebrail (as) tekrar andı. Ardından yüce Allah (cc), "Ey Cebrail! Dostumu nasıl buldun?" diye seslenince o da, "Çok sadık ve iyi bir dost ya Rabbi!" diye karşılık verdi.

İbrahim Peygamber (as) bütün dediklerini yerine getiren bu yabancının huzurunda çobanlarını çağırdı ve onlara, "Koyunlar arkadaşımındır. Nereye gitmek istiyorsa koyunları peşinden sürün. Çünkü koyun sürüsü ve sizler artık bu arkadaşın malısınız," diye talimat verdi.

Tam o sırada Cebrail (as), "Ey İbrahim! Ben Cebrail'im. Seni denemek için buraya gelmiş bulunuyorum. Bunlar bana lazım değil," diyerek kendini tanıttı. Buna karşılık İbrahim Peygamber (as) ise, "Ben Allah dostuyum. Hediye ettiğimi asla geri almam," diye karşılık verdi.

Bunun üzerine yüce Allah (cc) İbrahim Peygamber (as)'a şöyle emretti:

"Ey İbrahim! O koyun sürüsünü sat. Parasıyla da tarla ve arsa alarak bir vakıf kur. Böylece oradan fakir zengin herkes yesin içsin."

Kış aylarında köprüleri kullanmanın ne kadar eziyet verici olduğunu bilirsiniz. Üzerine kar yağmış bir köprüden karşıdan karşıya geçerken sadece ayaklarınla ilerleyebilirsin belki. Kayar gibi olursun ama merdivenlere varana kadar güç bela da olsa bir şekilde yürürsün kardeşim. Ama merdivenlere geldiğinde artık ayakların yetmez ilerlemene, merdivenlerden inebilmen için ellerini de kullanman gerekir. Yerler buz tutmuştur ve kayıp düşmemek için merdiven tırabzanından destek alarak güvenli bir şekilde karşıdan karşıya geçişini tamamlarsın. İşte nasıl ki basit bir köprüden geçebilmek için bile bir yere kadar ayaklarımızı, bir yerden sonra da ellerimizi devreye soktuysak, neden bu dünya köprüsünden de geçerken İbrahim (as) gibi aklımızı kullanarak, "Şimdilik benim, fakat gerçekte her şeyin ortaksız sahibi olan Allah'ındır," diye düşünüp geçmiyoruz? Basit bir matematik hesabı yapalım. Milyarlarca insan geçip gitti bu köprüden. Hangisi, kaçı asgari ücretle bankalara bel bağlayarak servetine servet kattığı malını mülkünü götürebilmiş ki köprünün öbür tarafına?

Bırak İbrahim (as) gibi Allah'ın adını ağzına aldığı için malının tamamını bağışlamayı, çiçek koparır gibi insanların öldürüldüğü bu dünyada kapımızı çalıp yardım isteyen insanlara bile inancımız kalmadı ki bizim dikili bir ağacımız olsun. Şeytan nasıl kandırıyorsa artık. Messi gol atamadı diye tek maçtan yattığı kuponuna üzüldüğü kadar hayır işinde yarışmıyor insanlar.

Gerisini var sen düşün kardeşim, bir tarafta sadece Allah'ın adını ağzına aldığı için malının tamamını gözünü kırpmadan bağışlayan İbrahim (as)'ın Rabbine olan aşkı, bir tarafta da çoluğunun çocuğunun rızkını sağda solda boş şeylerde harcayıp zekât veremeyecek, kurban kesemeyecek, en kolayından cuma namazı çıkışlarında toplanan yardımlara beş lira veremeyecek insanlar var. Daha fazlası, daha iyisi olsun diye şuursuzca peşinden koştuğumuz, asgari ücretle bankalara bel bağlayarak büyütmeye çalıştığımız bitmeyen isteklerimizin köleleri olmuşuz. Nokta.

IMDB Puanı 10 Olan Vizyondaki Filmimiz

Geleceğimi düşünüp garanti altına almaya çalışıyorum diyerek tüm vaktini dünyanın peşinden doludizgin koşarak geçiren kardeşim, kandırmışlar seni. Senin geleceğin bu dünya değil ki yatırımlarını buraya yapıyorsun. "Vizeden elli alsam, finalden de kırk alırsam, proje ödevine de hoca güzel bir not verirse geçerim," diye hesap kitap yaparken, asıl geleceğin olan ama bu zamana kadar sana geleceğin sanki dünyaymış gibi gösterilen o tiyatro perdesini yırtıp asıl geleceğin olan ahiretin için de böyle ince hesaplar yapmışsındır umarım.

Söyler misiniz bana? Bizden bir şey almaya hazırlandıkları için midir bu kadar mutlu oluşumuza izin vermeleri? Ve sen papatya, ne kadar güzelsin öyle. Bir gün, bir sevda uğruna koparılmak için mi büyümene izin verdiler böylesine?

Bugün benim doğum günümmüş. Yirmi beş sene önce bugün bir emanet bırakılmış bana. Belki de bir tek bu şehrin başım biraz öne eğik bir şekilde yalnız yürüdüğüm sokakları anladı halimden. Kalabalığın içinde omzuma çarpan insanlara inat yürümeyi bana kim sevdirdi bilmiyorum. İnsan, yüreği yüreğine denk geleni sever. Bizim nasibimize de bu şehrin bir başımıza yürüdüğümüz sokaklarındaki kaldırım taşlarını saymak mı düştü peki? Söz verip de dönen insanların arasında, verdiğimiz sözün bedeli her ne olursa olsun tutmayı bize kim öğretti? Biri çıkıp söylesin lütfen. Ayaklarına kapanalım onun. Duamıza ortak edelim. Ekmeğimizi paylaşalım...

Günümüz bilim adamları ölümsüzlüğü bulabilmek, zaman makinesi icat edebilmek uğruna ömürlerini harcıyorlar. Saygı duyuyorum tabii ama yine de birileri çıkıp bilim adamlarına bu düşüncelerinin imkânsız olmadığını, Allah'a iman ederek bu hayallerinin gerçek olabileceğini söylemeli bence.

Doğana kadar her şey güzeldi aslında. Doğduktan sonra kameraların önünde oynamaya başladık kendi filmimizin başrolünü. Rolümüzün ne kadar hakkını verebiliyoruz bilmiyorum. Aslında doğduktan sonrası daha güzel de bakmayın işte biz hakkını veremiyoruz. Herhangi bir dizide oyuncu olduğumuzu düşünürsek eğer, bir yönetmenin liderliğinde bizi çekip kayıt altına alan kameralara karşı oyunculuğumuza dair bütün yeteneklerimizi en iyi şekilde aktarabilmek uğruna elimizden geleni yaparız değil mi? Peki her gün, her akşam, her saniye onun huzurundayken neden huzurundaymışız gibi davranmıyoruz? Basit bir dizi yönetmeninin, oyuncunun performansını iyi yapıp yapmadığına baktığı gibi, kendi filmimizin yönetmeni olan Allah'ın da bizi izlediğine neden inanmıyoruz peki? İnansaydık eğer, rolümüzü perdeye onun istediği gibi aktarırdık herhalde.

Sevgili dost, o kadar günahların içindeyiz ki, bazen omuzlarımızdaki meleklerin günahlarımızın çetelesini tutarken yorulduklarına inanmıyor değilim.

Yorganı üzerine sıkı sıkıya çekip yastığa sarılarak değil, bir insan sevdiğine nasıl sarılıyorsa kalbinize öyle sarılarak uyuyun geceleri. Belki o zaman güzel rüyalar görürsünüz. Selametle...

Anılarımızın Assolistti Olan Çocukluğumuz

Siz hiç yeni doğan bir bebeğin dünyaya ağlayarak değil de gülerek geldiğini duydunuz mu? Buraya gelirken sanki hepimiz nasıl bir yere geldiğimizi biliyormuşçasına ağlayarak açmadık mı gözlerimizi? Sonra öğrendim tabii bebeklerin anne karnında akciğerleri olduğu halde hava ile soluk alıp vermediklerini. Meğerse solunum işlemini plasenta sıvısı ile yapıyorlarmış ve akciğerleri de bu sıvı ile doluymuş. İşte bu yüzden bebekler doğdukları zaman ağlayarak bu sıvıyı dışarı verirler ve akciğerlerini havayla doldururlarmış. Doktorların yeni doğan bebekleri baş aşağı tutarak popolarına vurmaları da bu olaya yardım etmek içinmiş. Oksijen akciğere ilk girdiğinde yanmaya neden olduğu için. Bunun verdiği acı da bebeğin ağlamasına neden olurmuş.

Her şey öyle başlamadı mı zaten. Kıyameti koparırcasına çığlık çığlığa ağlayışımız, memleketimiz olan annemizin kucağına verildiğimizde son bulmadı mı? Bakışlarını bizden bir an olsun ayırmayan dünyanın en güzel bir çift gözü karşısında usulca büyüdük tabii... Büyüdükçe daha bir siyah beyaz oldu sanki her şey. Ağlayışlarımızın yanına gülmeler ekledik çokça. Kahkahası ötede beride yansıyan gülmeler. Her şey güzel giderken birden birileri dikilir karşına. Ve boyundan büyük o çantayı yüklenmen gerektiğini söylerler. Hatta öyle büyüktür ki o çanta, ikimizi ayrı ayrı kantarlarda tartsalar onun kilosu daha ağır basar belki de. Yedi yaşından on yedi yaşına kadar sınavlarla geçen bir sistemin daimi kölesi olmuşsundur artık. Geçmiş olsun kardeşim. Bu da yetmez, dalga geçer gibi sonra, bir öğretmen bir dersi anlatırken senden bütün dersleri anlamanı isterler. Öyle işte...

Televizyonlarda izlediği dizilerin başrol oyuncularına benzemeye çalışarak cool olma peşinde insanlar. Kendin olmak dışında başka biri olma sevdası. Ben şuna benzetiyorum bu durumu, hani üzerine bir kıyafet alırsın büyük gelir, olmaz, sanki başkasından almışsın da emanetmiş gibi durur ya. Başka biri olmaya çalışmak da karakterinde emanet gibi durur. O sen değilsindir çünkü. Başkasına ait olan karakteri üzerine giydirmeye çalışırsın. Sırıtır. Sana göre değildir çünkü. Hiç şöyle bir durumla karşılaştınız mı bilmiyorum. Küçük bir kız çocuğu annesinin kıyafetlerini giyip, yüzüne makyaj yapıp, altına annesinin topuklu ayakkabılarını giyip karşınıza çıktığında ya da küçük bir erkek çocuğu babasına benzeyebilmek uğruna aynanın karşında yüzüne sürdüğü tıraş köpüğüyle karşınıza dikildiğinde hepimizi bir gülme tutuyor değil mi? Kahkahalar atıyoruz. Komik geliyor çünkü. Anlatmak istediğim şey tam da bu işte. Başkası olmayı çalışınca aynı bunun gibi komik duruma düşüyor insan.

Şu baskılara mutlaka maruz kalmışsınızdır. Bak falancanın oğlu şöyle fabrikada müdürmüş, falancanın kızı doktor çıkmış, komşunun çocuğu mühendislik okuyormuş, bilmem kimgillerin çocuğu KPSS'yi kazanıp devlet memuru olup hayatını kurtarmış... Sen de onlar gibi yapsana, tarzında. Sevgili dost, başkaları istiyor diye değil, kendin ne olmak istiyorsan öyle ol. Başkası olma, kendin ol. Yoksa çarşıda pazarda denediğin, sana uymayan kıyafet gibi emanet hissedersin seçimlerini.

Yeşilliklere uzanıp gökyüzünü saatlerce seyreden, akşamları halasıyla yıldızlara bakıp boynu tutulana kadar hayal kuran, sabah evden çıkıp akşam ezanının okunmasıyla evine dönen, zorla götürüldüğü tarladan öğlen ezanlarıyla kaçıp akşama kadar top peşinde koşturan, üstü başı toza çamura batmış, kan ter içinde kalmış bir şekilde evine dönen insan modundan çıkarılıp yaka paça itildiğimiz bir yolda sırf sigortalı bir iş uğruna kendimizi sorumluluk sahibi hissettiğimiz yaşlarda buluyoruz. Evet, öyle oluyor. Kelebekler mi daha uzun yaşıyor yoksa çocukluğumuz mu, deseler, hiç düşünmeden kelebekler derim...

Ah... O anılarımızın assolistti olan çocukluğumuz. Nasıl da çat kapı gelir öyle. Hiç olmayacak bir anda hatırlanan, bir burukluk ve hafif bir tebessümle derin düşüncelere sürükleyen anılardır hepsi. Yaşananlar hayal meyal hatırlansa da unutulmaz asla.

Bayramlarda kapı kapı gezip el öperek en çok harçlığı kim topladı yarışı yapardık. Geceleri oynanan sessiz film... Hani o kanepede oturan karşı tarafa türlü türlü kılıklara girip bir türlü söylettiremediğimiz yerli ya da yabancı filmler. İlkokulda ya da lise sıralarında boş derslerde veya teneffüslerde çevirdiğimiz kalemle oynadığımız doğruluk mu cesaret mi oyunları... Hatırlıyorum da sınıftan içeriye ilk gireni öptürme çabasındaydı herkes. Sırf bu yüzden kimse kolay kolay cesaret diyemezdi. İki arkadaşımızın var gücüyle çevirdiği ipin üstünden ayağımız değene kadar durmaksızın atlardık. Bu oyunu daha çok kızlar oynardı. Köyde yazları bir araya toplanıp harmanlarda toz kaldıra kaldıra ip atlayan ablalardan biliyorum. Bir grup arkadaş daire oluşturur bir ebe seçerdik. Ebe, birinin adını söyleyerek topu havaya atardı ve top yere düşerken adı söylenen arkadaşımız topu havada yakalarsa, başka birinin adını söyleyerek topu yeniden havaya atardı. Bu durum böyle, adı söylenen kişi topu yere düşürene kadar sürerdi, topu yerden eline aldığında da "İstop!" diye var gücüyle bağırırdı.

Bazı oyunların sezonu bile vardı.

Her yaz bir uçurtmam elektrik tellerine mutlaka takılırdı. Uçurtmalarımın takıldığı elektrik tellerine nazaran "Gidin başka yerde oynayın," diye bağıran teyzeleri daha bir severdim. Rüzgârlı havaların yolunu gözleyip, evin çatısında ya da boş arsalarda altı köşeli uçurtma uçurduğumuz çocukluğumuzun yaz mevsimleri sokak oyunları koleksiyonumuzun vazgeçilmez bir parçasıydı. Uçurtmasıyla birlikte uçan çocuklardık biz. Bakkaldan aldığımız siyah çöp poşetlerini kesip birbirine bantlayıp gökyüzünde uçan kuşlarla yarıştırdığımız uçurtmalardan bahsediyorum. Yeniler bilmez bunları. O zamanlar sokaklar bile dar gelirken bize, şimdilerde dört duvar arasında bir ekrana adanmış çocukluk o odaya nasıl sığıyor anlamış değilim. Anlamayacağım da sanırım. Bu gözler sokakta oyun oynaması için çocuğunu yaka paça dışarı atan anneleri de gördü. Ve şahit olduğum her çocuk, "Bana ne Anne yaa... ben bilgisayarımla oynayacağım," diyerek salya sümük ağlayan çocuklardı.

Önceden seksek diye bir oyun vardı. Her çocuk kapısının önüne beyaz tebeşirle numaralandırılmış kareler çizip oynamıştır mutlaka. Bu oyunun bir türünde oyuncular, çizili alanların içine kendi sırasına göre yassı bir taşı ya da kiremit parçasını atardık. Eğer taş çizili alanların dışına düşer ya da çizgiye denk gelirse, taş atma sırası öbür oyuncuya geçerdi. Attığımız taş başarılı olmuşsa eğer oyuncu tek ayağı üzerinde sekerken, taşı öbür ayağıyla iterek bütün boşluklardan geçirmesi gerekirdi. Eğer öbür ayağı yere değer ya da boşlukların arasındaki çizgilere basarsa yanar ve sırasını kaybederdi. Oyun aslında iki tur halinde oynanırdı. Başlarken 1-8 ilerledikten sonra ikinci turda 1-8 geri gidilirdi. Şimdikiler bunu da bilmez eminim. Onlar parmaklarını klavyede sektirdikleri için bu oyun dikkatlerini çekmemiştir tabii.

Geçen yaz komşunun çocuğu gelmişti eve, "Fatih abi birlikte kardan adam yapalım mı," demişti. Şaşırdım. Yapalım yapmasına da yazın ortasında hangi kardan adamdan bahsediyor diye aklımdan geçirirken, elinde telefonuyla yanımda bitmesi bir oldu. Girdi bir oyun sitesine, kardan adam yapacağımız oyunu açmasıyla benim jeton düştü. Kardan adamında sanalını yapmışlar kardeşim. Şaşırmadım aslında. Sanalı yapılmamış ne kaldı ki bu dünyada? Aşk bile sanal ortamlarda "İslami Evlilik" sitelerine düşmüşken şaşırmamak lazım.

Çocukluğumda kışın gelmesini o kadar beklerdim ki, sırf babam kadar uzun boylu bir kardan adam yapabilmek uğruna. Annemden gizli dolaptan aşırdığım havuçla ve biraz zeytinle burnunu, gözlerini, ağzını yapardım. O çocukluk aklıyla da üşümesin diye kendi montumu giydirir, şapkamı takar, atkımı boynuna dolardım. Evet, oyunda da aynılarını yaptık. Bir ekranın içinde sanaldan bir kardan adam. Bunları yaparken ne ellerimiz üşüdü ne de paçalarımıza kadar sırılsıklam olduk. Soğuktan ne dudaklarımız morardı ne de kulaklarımız kızardı... Hevesini alınca çarpıya basıp oyunu kapatmasıyla her şey gözlerinin önünde yok oldu gitti işte. Ama gerçekte öyle mi, sen kapının önünde kocaman bir kadardan adam yaparsın mesela. Baban kadar uzun boylu ve yıkılmaz bir kardan adam ama. Belki güneş çıkınca eriyip gider ama anılarında kalır işte. Çıkan güneş anılarında sakladığın kardan adamı eritemez sevgili dost. Anılarındaki kardan adam güneş çıktığında değil, unutulduğunda erir. Sanal dünyada girdiğin oyun sitelerindekine benzemez ki soğuktan için titreye titreye yaptığın kardan adamlar...

Birdirbir, köşe kapmaca, saklambaç, çelik çomak, yakan top, beştaş, dokuztaş, körebe, yağ satarım, mendil kapmaca, ip çekmece, isim şehir hayvan bitki eşya oyunu ve daha sayamadığım niceleri... Öyle eğlence merkezlerimiz, çeşit çeşit oyuncakların satıldığı oyuncak marketlerimiz olmadı bizim. Kâğıttan uçaklarımız, kâğıttan gemilerimiz, tahtadan tabancalarımız vardı. Şimdiki gibi elektronik değil de kendimizce yaptığımız bilyeli arabalarımız vardı bir de, hani o mahallenin en yokuşlu bayırı olan sokağından süratle yokuş aşağı kaydığımız. Yerlere tebeşirle numaralandırılmış kareler çizerek seksek oynayan, belinde çember çeviren mutlu bir nesildik biz. Nasıl da mutluyduk!

Biliyorum sevgili dost, hepsini çok özledin. Aslında yazacak o kadar çok oyun kaldı ki çocukluğumuzda, bunun için ayrı bir kitap yazılsa yine de az kalır eminim bundan. En iyi çerçevenin insan kalbi olduğunu düşünüyorum. Ondan başka hiçbir çerçeve fotoğrafları öylesine güzel saklayamaz. Yani diyeceğim o ki sevgili okur, aslında o kitabı elini kalbine götürüp gözlerini kapatarak okuyabilirsin. Çünkü bunların hiçbirini bilgisayar oyunlarının içinde ya da hiçbir CD'nin, DVD'nin, Flash Disk'in içinde bulamazsın. Bulsan da sokaklarda kan ter içinde kalarak oynadığın kadar zevk vermez insana.

O yüzden, bir oyunun dörtlüğüyle veda ediyorum sana:

Yağ satarım, bal satarım,

Ustam öldü, ben satarım.

Ustamın kürkü sarıdır.

Satsam 15 liradır.

Zam-bak Zum-bak

Dön arkana iyi bak...

Namaz Kılarken Neden Lezzet Almıyoruz?

Biraz delikanlı olalım bu konuda...

Namaz kılmayan bir arkadaş ortamım vardı. Ben de onlardan biriydim vaktiyle. Lisede okulun ikinci dönemi için ilk dönem hiç devamsızlık yapmayıp bütün devamsızlıklarımızı ikinci döneme saklardık. Yarım gün yok yazılabilmek için de hep son derslerde kaçardık mesela. Böylelikle bir gün olan devamsızlığımızı iki güne yayardık. Okulun son döneminde son iki, üç derse girmeyip okuldan kaçıp sevdiğimiz şeyleri yapmaya giderdik. Sevdiğimiz şeyleri yapmaya giderken onca caminin önünden geçerdik ama sevdiğimiz şeyleri yapıp bizi her şeyden çok sevenin huzuruna gitmezdik. Okuldan kaçabilmek için iki metrelik duvarlardan atlardık ama iki adımlık camiye gitmezdik. Bütün bunları bir marifetmiş gibi anlatmıyorum sevgili dost. Aksine, ben yanlışlarımı nefsime vuruyorum, siz sakın yapmayın diye.

Sorun üşenmek ya da vaktimizin olmaması değil kardeşim. Namazdan neden lezzet almıyoruz biliyor musun sevgili dost? Tek sorun sevgi aslında. Evet, biz sevmeyi bilmiyoruz. Biz yaratanı sevmiyoruz işte. Maalesef sevgilimizi sevdiğimiz kadar Allah'ı sevmediğimiz için, sevgilimizin yanında hissettiğimiz huzuru Allah'ın huzuruna çıktığımızda hissedemiyoruz.

Sevmekteki şart tanımak ve bilmektir. Bir adam bir kızı sevmeye çalışıyorsa eğer, kızı hiç görmemişse ya da onun hakkında hiçbir bilgiye sahip değilse, huyunu, suyunu bilmiyorsa sevemez. Adam ne zaman ki kızı görür, onu tanımaya çalıştıkça güzel huylarını, özelliklerini, davranışlarını öğrenir ve sevmeye başlar, âşık olur. Bir padişahın huzuruna çıkan çocuk, o huzurun gerektirdiği gibi davranmaz. Bilmez çünkü. Padişahın kim olduğundan, o makamın büyüklüğünden haberi yoktur.

Merak denilen şey basit bir elbise için, bir telefon için ya da alacağın son model araba için sayfalarca internet araştırması yaptırırken, neden iman ettiğimiz Allah'ı araştırmıyoruz? İnsan tanımadığı bilmediği şeyi sevemez. Hiç şeker görmemiş bir çocuğun eline tutup şeker verirseniz başta biraz karamsar davranıp korkar. Elindeki şeyin ona zarar verip vermeyeceğini anlamaya çalışmak için onu bir koklar, diliyle dokunur, eliyle dokunur, gözleriyle incelemeye çalışır. Kısacası bu davranışları sergileyerek onu tanımaya çalışır. Ya da Amazon ormanlarındaki ilkel kabileden daha önce herhangi bir teknolojik alet görmemiş birisinin eline o eşyayı versek de sonuç aynı olur. Elindeki o eşyayı tanıması ve bilmesi için eline şeker verdiğimiz çocuğun yaptığının aynısını yapıp inceler. Biz de nasıl bir Allah'a iman ettiğimizi peşinden koştuğumuz şeylerden başımızı kaldırıp araştırmadığımız, haberdar olmadığımız, bilmediğimiz için, yıllarca, "Evet, bir Allah var," diyerek iman edip, onu sevdiğimizi sanıp kendi kendimizi kandırıyoruz.

"Evet, bir Allah var," deyip iman ediyoruz. Buraya kadar bir sorun yok. Sorun, bir Allah var deyip yokmuş gibi yaşamak. Bunun nedeniyse Marifetullah ilminden mahrum kalmamız. Yani Allah'ı tanıma ve bilme ilminden. Bu zamanda en büyük sorun bu aslında, nasıl bir Allah'a iman ettiğimizi bilmiyoruz. Sanatkârı yaptığı sanatla tanırız sevgili dost. Yani bir ressam yaptığı güzel resimlerle tanınır. Messi'yi Messi yapan, oynadığı o güzel futboldur. Nasıl ki sanatkâr yaptığı sanatla tanınıyorsa, Allah'ı da şu kâinata bakarak tefekkür edip tanıyabiliriz.

Biz ne zaman Allah'ı sevmeyi öğrenirsek kıldığımız namazlar da o zaman güzelleşecek sevgili dost. Onu sevmeliyiz ki kıldığımız namazlardan bir lezzet alalım. Günlerdir nereye koyduğumuzu unuttuğumuz evin ya da arabanın anahtarı namaz kılarken aklımıza gelmesin, çıktığımız sınavda çözemediğimiz soruların cevaplarını namazda düşünerek çözmeyelim mesela. Bu ay sonunu nasıl getiririm diye düşünerek değil de huşu içinde kılabilelim namazı. Tabii bütün bunlar sevmekten geçiyor. Herhangi bir son model teknolojik eşyanın kullanma kılavuzuna bakarak o eşyaya ait bütün özellikleri nasıl öğrenebiliyorsak, Kuran-ı Kerim gibi bir yol gösterici kılavuza da aynı özenle açıp baksaydık eğer nasıl bir Allah'a şehadet ettiğimizi öğrenmiş olurduk.

"Benim kalbim temiz," diyerek namaz kılmayan kardeşim, kâinattaki en temiz kalbe sahip olan peygamber efendimiz (sav) bile namaz kılmışken, seni o yalanla kandıran şeytana artık bir dur de.

Kapıdaki Bekleyişimiz

Israrla çalınan kapı elbet bir gün açılırmış. Kapıyı açan ya sitem ederek, "Ne var, ne istiyorsun?" diyecek ki o senin şanına yakışmaz Allah'ım, ya da İbrahim (as) gibi içeriye alıp sofrasına oturtacak.

Ya ilahi! Senin kapından başka hangi kapı var ki çalalım? Senin "Kûn fe Yekûn" sofrandan başka hangi sofra vardır ki biz o sofrada karnımızı doyuralım. İlahi! Sofrana geldik. Biz kati iman ettik ki senden başka hak mabud yoktur.

Bir kapıyı üç kere çaldıktan sonra açılmazsa eğer geri dönenlerdeniz biz. Ama senin kapında aldığımız nefesimiz durana kadar beklemeyip kapını durmaksızın çalmaya geldik. İlahi! Sen ki kapına geleni bekletmeyi sevmezsin. Kapına gelene milyon mukabele hürmet gösterirsin.

Sen istemezsen eğer ne bıçak keser İsmail'i,

Ne de ateş yakar İbrahim Peygamberi.

Sen dilersen eğer bir çift güvercin ile örümceğin ağları bile kör eder küffarın gözlerini...

İlahi! "Ya Bismillah" deyip çıktık biz bu yola. Bilirim, yoldan önce yoldaş gerekti bize bu yolda. Başta Habibullah ve onun (sav) baş koyduğu yola başını koyanları yoldaş yaptık kendimize. Ki bu yol dikenliydi ve canını sevenlere göre değildi. Bu yolun sonu madem sana çıkıyor, madem o kapıyı bize açacak yalnızca sensin ve madem kapının yegâne sahibi sensin, sana çıkan bu yolda ayağımıza batan dikenlerin ne hükmü var Ya Rabb? Madem bu yol senin yolun, o zaman bu yolda hangi can hisseder ki canının yandığını?

İlahi! Yoruldum. Şu dünyanın dağdağalı hayatının vermiş olduğu ağır yükümü omuzlarımdan indirip, sana bırakıp, yükümün üzerine oturarak Yunus gibi sana tevekkül ediyorum. Dergâhına geldim. Başka kimseye açılmamış günahkâr ellerimi sana açıyorum. Eğer sen pişmanlık duyduğum günahlarıma mağfiret edip rahmetinle bağışlasan, ki o senin büyüklüğündendir. Sen ki Ekber ve Baki olan, Rahman ve Rahim olansın. İlahi! Geriye bakıp, zayi olup geçen ömrümde anladım ki senin kapından başka hiçbir Hakk kapı yok. Ve yoktur. Ve olmamış. Ve olamaz da! Eğer lütfedip içeri buyur etmezsen başka hangi kapıya gider bu baş? Senden başka kim vardır ki lütfedip cevap versin dualarımıza? Bilirim, hayır da bir cevaptır. Duama cevap veren sensin ya, büyüklük gösterip duama verdiğin cevap "Hayır!" olsa bile ben şu duama cevap veren sırf sen olduğun için kapında niyaz edip, tenini yakan kızgın çöl kumlarına rağmen çektiği işkencelere zerre boyun eğmeyip Hakk yolun İslam olduğunu nida eden Bilal gibi bağırmaya devam ediyorum.

Beni kapıdan kovma Ya Rabb! Beni kapıdan kovarsan yanlış yollara sürüklenir bu baş.

İçim... Ve sen ey içim!

Sonuna kadar denemezsem, duamın kabul olup olmadığını nasıl anlayabilirim ki?

Duan Varsa Duyan da Var

Aile albümlerinde ya da sosyal medyada yıllar önce çekilmiş bir fotoğrafını görmenle içinden geçirdiğin "Nasıl geçti bunca zaman?" hissi.

Sabretmiyoruz. Eski bir fotoğrafına baktığında anlıyorsun işte, zaman nasıl da en sevdiğimiz oyunlar gibi çabucak geçmiş, görüyoruz. Aceleciyiz, hemen olsun istiyoruz. Orada burada klavye delikanlılığı yapıp, "Her nasip vaktine esirdir," yazmasını biliyoruz da bunu bilmemize rağmen neden sabretmiyoruz sevgili dost? Yatağımıza uzanmış bir şekilde romantizmin en doruklarında olduğun bir anda sevgilimize attığımız mesaja cevabı kalbimiz pırpır ederek bekliyoruz da onu beklediğimiz kadar neden duamızın arkasında sabırla beklemiyoruz?

Sabretmeyi, kapının önünde beklemeyi bilmiyoruz çünkü. Zile basar basmaz kapı hemen açılsın istiyoruz. Kapının önünde beklemeye değil de bizi kapının önünden alıkoyan şeylere talibiz. Hayatımız ev, iş ve reklamlarda gördüğümüz şeyleri almak uğruna patronlarımıza boyun eğmekle geçiyor. Bizi o kapıdan alıkoyan şeyler daha güzel geliyor gözümüze. Kapının ardındaki güzelliğe gözlerimiz kör bizim. Gözlerimizle değil kalbimizle bakmayı bilmediğimiz için böyleyiz belki de. Belki de bir gün kalbimizle bakmayı öğrendiğimizde düzeleceğizdir sevgili dost.

Hiç başına geldi mi bilmiyorum. Hoşuna giden bir şarkının tamamını ezbere bilsen de bir zaman sonra aklında kalanı sadece nakarat kısmı oluyor. Yarın öbür gün durup dururken aklına gelip mırıldanmaya başladığında şarkının nakarat kısmını kendince söylersin. Diğer sözleri yarım yamalak aklında kalsa da nakaratını unutmamışsındır. Şarkının iskeleti ve aynı zamanda en güzel olan yeri nakarat kısmıdır çünkü. Ve bu yüzden şarkı içinde sürekli tekrarlanır. Yani güzel olduğu için hoşumuza gidiyor ve bu yüzden bilinçaltımızda bir yerlerde öylece kalıyor. Dilimize dolanıyor.

En sevdiğin şarkıyı tekrar tekrar dinleyebilmek için başa sardığın gibi, seni bu karanlıktan kurtaracak olan duaya da aynı özeni göstermelisin kardeşim.

Hoşumuza giden şarkıların ezbere bildiğimiz nakaratları gibi güzel dualar lazım bize şimdilerde. Dilimize dolanan dualar. İnsanın bir duası olacak, uğruna yağmurlu gecelerini feda edebileceği bir duası. Hiç unutmadığı, en sevdiği şarkıların ezbere bildiği nakaratları gibi, dilinin ezberi olmuş bir duası. Bir de o duanın peşinde yorulmak nedir bilmeyen avuç içleri. Yüreğinden süzülmüş gözyaşları olacak bir de. Bir de o gözyaşlarına yoldaş olmuş seccadesi. Zira gözlerden süzülen yaşlardan çok yürekten süzülen yaşlar lazım bize. Başka hiçbir şey temizleyemez yüreğimizin lekesini.

"Benimle konuştu Rabbim. Elestü bi-Rabbüküm dedi, sonra bir kalp koydu göğüs kafesime, vur, dedi. Her düştüğümde kaldırdı, üzülme, olur, dedi. Hayatın koşturmacasına takıldım, ayağıma bir taş değdirdi, yavaşla, dur, dedi. Hata yaptım, günah işledim, mağfiretim geniş, affolur, dedi. Ne zaman bir haksızlık görsem, adaletim var, yerini bulur, dedi. Eğer davanda haklıysan, korkma ve dik dur, dedi. Ve bana yakın olmak istersen, ancak namazla olur, dedi. Kapım her daim açılır, yeter ki alnını secdeye vur, dedi. Bunca nankörlüğüme rağmen, ne zaman ihtiyacım olsa Rabbim dedim, kulum, dedi."

Anlatsam anlayamayacaklar diye sakladığın derdini en son ne zaman Allah'a anlattın bilmiyorum ama sevgili dost, bence şimdi tam zamanı. Gün gelecek, başını yastığa koyduğunda iç geçire geçire, seccadelerini ıslata ıslata ettiğin duaların içinde bulacaksın kendini. Sen yeter ki derdini söyle, Allah ya istediğini verir ya da daha iyisini. Bir derdin varsa yalnızca git ona aç. Hep dinler, yine mi sen geldin demez.

Biliyorum, bitmeyen bir acı var içinde. Dinmek bilmeyen bir yağmur. Sonu gelmeyen bekleyişler. Belki de karşılıksız bekleyişlerimiz yordu bizi. Belki de iyi niyetimizden vurulduğumuz kadar elimizden tutanlar olsaydı etrafımızda, halden anlamayan insanlarla uğraşmak zorunda kalmazdık gündüzleri. Sırtımızdaki bu kamburluk günahlarımızın çokluğundandır belki de. Belki de gözümüzü, yolun uzunluğundan çok sonuna varamamak korkutuyor. Bu bekleyişlerin bir bedeli olmalı kalbim. Sırtımıza bu derdi yükleyip yolun sonuna vardığımızda sırtımızdaki bu yükü bizden alacak biri olmalı. Madem derdin var, sana o derdi veren biri olmalı mutlaka. Seni kandırdılar değil mi kalbim? Ey kalbim, neden ağlarsın? Senin Rabbin var.

Sonra bir dert gelir, imsak vakitlerinde kalbinden öper, dünyanın en güçlü adamı oluverirsin birden.

Ya Rabb!

Verdiğine de vermediğine de hamd olsun.

Karanlıklar İçinde Doğruları Aydınlığa Çıkarmak

İlkokuldayken alışageldiğimiz sınavların dışında ilk defa bir test sınavına girmiştim. Öğrenci milletinin en sevdiği sınav tarzı. Cevabını bilmediğin sorunların şıkkını salla geç. Ya tutarsa mantığı... Sınav sorularının bulunduğu kâğıt ve bir de cevapları işaretleyeceğim kâğıt vardı sırada. Arkadaşlarım doğru şıkkın üzerini karalarken ben yanlış şıkların üzerini karalayıp sadece doğru şıkkın üstünü açık bırakıyordum. Doğruların karalanması değil, aydınlığa çıkarılması gerektiğini düşünüyorum. Bu kadar yanlışın olduğu bir dünyada doğruları aydın bırakmak daha doğru sevgili dost.

Daha o zamanlar belliymiş işte içimizdeki karanlıklar içinde nur arama sevdası...

Ümmetin Kadınına Not

Ah... Benim hanım kardeşim!

Ümmetin kadını...

Her bir teline ayet işlenen o saçların yere düştüğünde ayaklarının altına serili cennetin kalbi sızlamaz mı sanıyorsun? Başının üstünde taşıdığın ayetin mükâfatı elbette ahirette ayaklarının altına serilen o cennet olacak. Sadece biraz daha sabır. Bırak sana gerici, cahil, yobaz... desinler ya da o gözle baksınlar. Aldırma! Onlar bahçelerinde açan çiçekten habersiz olan insanlardır.

Yolculuğun Sonu ya da Başlangıcı

"Kendimiz için hazırladığımız tek bir şey vardır: Alıveriş listesi. Almamız gereken şeyleri hatırlamanıza yardım eder ve alışverişi yaptıktan sonra artık yırtıp atabilirsiniz, çünkü kimsenin bir işine yaramaz. Bunun dışında yazdığı her şeyi birine bir şey söylemek için yazar insan" demiş Umberto Eco abimiz. İşte bu kitap da sana bir şey söylemek için yazıldı kardeşim.

Varlığı bir olan, emanetleri kaybolmayan Rabbime emanetsiniz.

Bu kitabı okurken o çok değerli vaktinizden aldım.

Hakkınızı helal edin.

Elif gibi dimdik, dosdoğru bir hayat yaşamınız duasıyla.

Ayağınız takılsın da cennete düşün hemi. Cennette görüşmek üzere...